KB157714

『사랑을 심다』
『작은 맛 큰 맛』

바람에 씻겨도 머무는 것은

국학자료원

팔순기념문선 발간에 즈음해

나는 다작하는 타입이 아니다. 다작하는 것보다 정치(精緻)한 작품 하나를 완성하는데 보다 심혈을 쏟았다고 할까.

팔순에 들어섰는데도 마음만은

내가 언제쯤 이런 마음에서 벗어날지 알 수 없다. 소설이라는 요술방망이를 팽개치는 날이 언제쯤이 될는지…

내게 있어서 요술방망이라는 것은 별개 아니다.

오직 인간이 되기 위해 글을 써야 한다는, 글은 쓰기에 앞서 좋은 글을 쓰겠다는 욕심부터 버리라는, 저속한 글을 쓴다는 것은 문적(文賊)이며 명성이나 인기를 바래 글을 쓴다는 것은 문기(文妓)의 노리개에 지나지 않는다는 요술방망이였으니. 이런 요술방망이 없이는 절대로 좋은 글은 잉태될 수 없으며 속기(俗氣)를 떠나 전아한 품성을 기르고 문정(文情)과 문사(文思)의 길에서 잠시도 벗어나지 않아야 좋은 글이 씌어 질 수 있다는 마음가짐이 무엇보다도 필요했는지 모른다.

-『조용한 눈물』의「작가의 변」

는 초심을 잃지 않으려고 평생을 아등바등 발버둥 쳤다 할까.

따라서 원고를 출판사에 넘기기 전까지 시간이 닿는 대로 깁고 고치면서 개작은 물론 개제까지 서슴지 않았다. 사람은 만족을 모르는 동물인지

내겐 그렇게 고치고 깁고 개작하고 개제해도 작품에 대해 한번도 흡족한 적이 없었다. 욕심이 너무 많아서일까.

우습게 들리겠지만 나는 돈에 대한 욕심을 낸 적이 거의 없다. 어쩌면 돈에 대해 초월했다고 할까. 그것이 집사람에게 바가지의 대상이 되곤 했다. 이 세상에서 가장 큰 욕심, 작품에 대한 욕심 이외는.

이제 마지막 원고를 출판사에 넘겼으니 전집이 나온 뒤에는 어떠한 탈자나 오자 등 오류를 발견해도 만시지탄(晩時之歎), 다시 수정하고 정정해서 전집을 낼 수도 없는 나이이니 나로서는 그것이 너무 아쉽다.

팔순을 살아도
인생을 잘 살았는지 모르겠고
문학이 뭔지는
더 더욱 모르겠다.

글을 쓸 때는 사춘기 소년
글을 쓰지 않을 때는
구순 할아버지.

하늘에 덩그렇게 걸어둘
시 한 줄 썼으면
하는 바람이
팔순을 산 버팀목이려니…

―시 「버팀목」
2022년, 신록의 5월에

고희기념 미국여행, 뉴욕 타임스퀘어 광장에서

나이아가라폭포를 배경으로 집사람을 스냅하다(2012년)

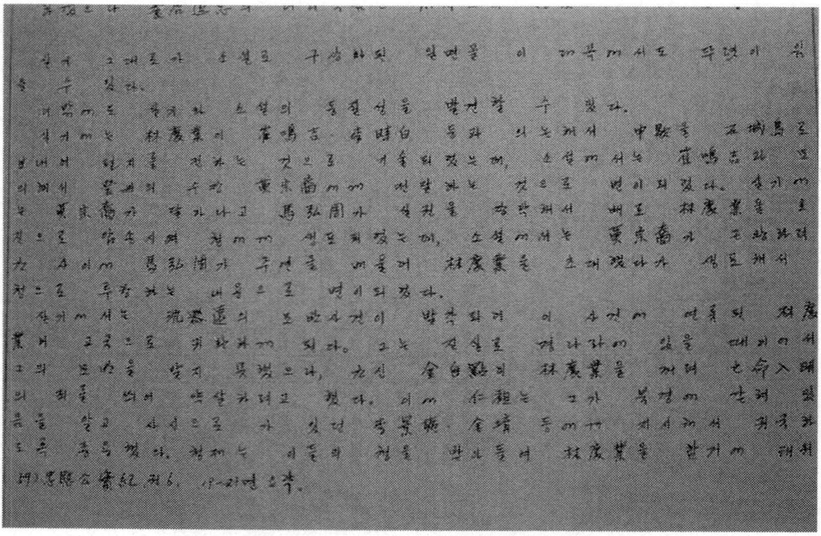

저자의 친필 학위논문 원고

차례

사랑을 심다

1. 미륵보살반가사유상

4. 원만과 공적 –『대행스님 법어집.무』에서

작은 맛 큰 맛

미발간 시집

사랑을

심다

시의 둘레길에서

소설로 문단에 등단했으니 작가인 데도 나이 탓인지 나이 들면서 오랜 시간 지구력을 발휘할 수 없어 소설보다는 시 창작에 몰입했다고 할까. 정년하고부터는 시 창작에 몰두했음은 부인할 수 없다.

외롭고 괴로운 시간이면 문득문득 떠오르는 지난 날, 그런 지난날에 유일한 꿈이었고 삶의 여적인 시, 내게 있어 시란 자욱한 실안개 속에서 추억의 파편을 하나하나 꺼내어 마음속에 펜 시, 조개가 진주를 몸속에 숨겨 키우듯 키운 시, 그것도 도둑맞고 싶지 않은 흑진주 같은 시를 찾아 여든 해를 헤맸다고 할 수 있다.

마음은 텅텅 비어 가슴이 한없이 허전한 데다 형체조차 알 수 없는 그림자에 쫓기기만 했던 시절에도, 젊음 하나로 고독을 질겅질겅 씹던 시절에도 시어를 찾아 헤매었듯이.

그랬던 것이 나이가 들면서 사물을 바라보는 마음가짐이 달라졌다고 할까. 그리움을 만들어내고 기다림에 기대어 생활하기보다는 그리움을 되새기고 기다림을 관조하며 여생을 보내면서 딱 하나 시 작업만은 숨을 쉬는 순간까지 포기하고 싶지 않은, 아니 포기할 수 없는, 포기해서는 아니 되는 삶의 버팀목으로 살아가고 있다.

그런 조용한 삶에서 등산을 즐기며 헬스로 건강을 다지면서 꾸준히 작업한 시, 미수록 시편이나 미발간 시편은 정년 이후의 작품들이다.

이제는 팔순, 팔순을 맞이해 그 동안 발행한 작품이며 미발간 시편을 묶어『팔순기념문선』을 마련하자니 만사 후회뿐이니…

팔순 나이, 길다고 하면 길고 짧다면 짧은 세월이긴 하지만 살아오면서 생의 굴곡이야 한 둘이 아니겠지만 시의 둘레길에서 지금까지 크게 아파본 적도, 입원한 적도 없이 남보다 강한 건강으로 10년 젊게 시를 만지작거리고 있다. 시를 만지작거리면서 그립고 아쉬운 순간순간을 여전히 마음 아파하며 새로운 시의 세계를 꿈꾸고 갈망한다.

봄빛이 새로운 꽃향기를 키워내듯이 읽는 이의 마음에 감동을 줄 수 있는 조그만 선물이라도 되었으면 좋겠다.

2022년 신록의 5월에 지은이 적음

『팔순기념문선』을 준비하면서 「시집모음」은 제목이나 내용을 수정하고 보완했으며 시를 이리 저리 옮겨 차례도 많이 달라졌다. 또한 시집의 분량을 고려해서 신작을 첨가하기도 했다. 경우에 따라서는 시의 내용이 유사한 시편은 시집간 이동시켜 편집하기도 했다. 그리고 차례의 여백을 고려해 신작으로 미수록 시편도 마련했다. 따라서 앞서 세상에 나온 시집과는 제목이나 차례, 내용이 다르거나 많이 달라졌다.

이런 작업은 생각하고 생각한 끝에 고심한 결과다.

기존 시집과는 다소 혼란이 있을 수 있겠지만 달라진 이유로는 분명히 작품에 대한 불만, 아쉬움, 만족할 수 없는 것을 보다 완결에 가까운 작품을 만들겠다는 허욕(虛慾) 때문이며 그런 허욕이 없다면 문선을 준비하는 의미가 반감될 수밖에 없을 것이다.

2022년, 신록의 5월에

1.
미륵보살반가사유상 83

사랑땜

달빛 신방은 둘이 눕기에 부족해
자연스레 한 몸 되어
첫날밤에 치르지 못한
황금 사랑땜을 질펀하게 내지르며
참을 수 없는 절정으로
숨이 멎기 몇 번이나 했는지.

고로(高爐)에 불을 붙여
2000°로 쇠를 녹이듯
두 몸 한 몸이 되어
새벽이 하마 올까 애태우며
절구질을 하는 내내
누가 먼저랄 것도 없이
가슴 깊은 곳에
누구도 흉내 낼 수 없는
남도 우리 같이 어여삐 여겨 사랑했을까
란 인(印)을 새겼음이니…

가야금 산조[*]

열두 줄이 일탈해 미묘한 소리를
창조했나니 가야금 산조.
산조의 생명은 농현에 있고
농현의 생명은 여운에 달렸나니.
서구의 종은 땡 땡 땡
이내 하다 멎으나
한국의 종은 우―웅―웅―
하는 여운이
10리 밖 저 멀리 퍼지는 데 있어.
이 농현이 우리네 종소리지.

책상다리를 하고 앉아
봉두는 오른쪽 무릎 위에
양이두는 왼쪽 무릎 30° 각도로
비스듬히 세운 채
오른손을 용두에 올려놓고

현침 너머 열두 줄을 뜯거나
퉁기면서 연주를 하나니.

안족과 학술 사이를 오가며
소리를 굴리기도 하고
줄을 떨게도 하며
절정에 이를라치면
왼손으로는 오른손이 내어준 소리를
되받아 흔들면서
하늘 소리를 땅으로 끌어내리기도,
땅의 소리를 하늘로
올리기도 하는
소리가 농현(弄絃) 아닌가 싶어.

* 신라의 악성 우륵의 가야금에 덧붙여 시집 『하늘밥상』에서 옮겨 옴

11면 관음보살상

석굴암의 본존여래불의 뒤쪽,
가장 깊은 곳의 보살상은
부조상 중에서도
조각이 뛰어나며 회화성도 빼어나.

머리 위에 10구의
자비심 넘치는 작은 부처의
얼굴을 새긴
11면 관음보살상은
중생을 남김없이
구제하겠다는 관음신앙을
구현했음이니…

정교하고 부드러우면서도
율동적인 천의(天衣)와 영락(瓔珞)*이며

입가에 미소를 머금은
자비심 가득한 얼굴을
신체 부위와의
완벽한 조화와 배율로
화강암에 조각했다는
것이 의심될 정도로 섬세함의 극치.

영락의 한 자락을
살며시 잡고 있는 오른 손가락의
미묘한 변화는
불교 조각예술의 한 정점을
신의 경지로까지 끌어올렸음이니…

* 영락(瓔珞): 달개, 곧 구슬을 꿰어 만든 장신구

석가탑

그대 단아한 몸매야말로
더할 것도 없고
덜할 것도 없는
신이 창조한 조각품 아닐까 싶어.

황금 분할, 황금 배율의 몸매를
헬스로 닦고 가꾼 데다
트라이셉스 익스텐션과
벤치 프레스며
스쾃(Squat), 런지(Lunge)로
근력마저 강화했으니
한 눈에 딱 봐도
우아하고 단아한 석가탑이네.

다보탑

왜 저렇게 커, 왜 크냐고.
하마나 기다렸음 됐지
석재로 남은 그리움
얼리고 또 달래어도
어쩌지 못해
쇠메로 치는 소리, 그 소리가.

아사달이 기다리던 아사녀 따라
탑 속으로 들어가는
설운 사연의 소리,
그 소리가
왜 저렇게 커야 하냐고?
그게 시공을 초월한 사랑이거니…

탁발의 진리

불교의 조종 조계종이나
천태종에서는
육식을 금하는 이유가
있긴 있었어.

불교가 틀을 잡기 전 초기에는
탁발 취식은 수행의 일환으로
부처께서도
몸소 탁발을 했다고 해.

부처가 탁발한 음식이
상한 돼지고기.
부처님이 드시고 탈이나
고생하시다가 성불에 이르렀음이니.

'부처가 어떻게 탁발을 다 해.'하고
온갖 비난이 일자
부처께서 설법하시기를
'탁발은 삶의 일부분으로
올바른 수행과 지혜로
불법의 씨를
뿌린 밭에서
진리의 열매가 달려
결실을 맺었음이니
농사가 무엇인지를 일깨워줌이 아니겠는가.'고.

이는 탁발의 진리를
몸으로 가르쳐주셨음일 테지.

금동보살입상[*]

꽃무늬가 새겨진 대좌 위에
오른쪽 무릎을 구부린 채
자연스러우면서도 유연한 자세로
서 있는 보살상을 조소해.

꽃으로 장식을 한 머리 정면에는
관 씌운 작은 부처를 조각.

체구는 날씬한 편인 데다
몸에 착 달라붙은
법의 자락은 무릎 앞에서 둥글다 싶게

오른팔에 걸쳐 놓았고
왼팔은 대좌
위로 늘어뜨려.

둥근 얼굴은 눈 코 입의
배분이 보다 선명하며
은근한 미소까지
머금고 있음도 살려냈으니
세상에 비길 데 없는
백만 불 미소일 테지.

* 국보. 도난당했다가 회수함

작심 3일

혼히 말이 앞서고
실천이 따르지
않는 것을
작심 3일이라고 하지만
당신을 사랑하는
내 마음은 작심 3일.

3일마다 작심하고
또 하면
그 사랑 영원하리라
믿기 때문에.

잔소리

자연과 벗을 삼아
살아가려면
산, 바다, 강은 기본 메뉴.

손수 지은 한옥에서
군불을 때면서
3종 세트인
감자, 고구마, 옥수수를
구워 먹는 재미는
좋아, 좋아. 행복해
두 말하면 잔소리일 테지.

미련 없이

안과 밖이 분명 있는데도
안과 밖을 구분할 수 없다면
구분할 수 있을 때까지
기도하고 기도하라.

기도는 하루를 여는
길라잡이이며
하루를 조용히 마감하는
빗장일 수 있음이니.

우주의 기도는 침묵
그런 침묵은 안과 밖을
하나 되게 하며
침묵의 울림이 있음이니.

연습하듯이 사람이 태어나 산다는 것은
죽으러 가는 것과 뭣이 다르리.
죽음이 없다면 삶은 무의미.
오히려 죽음이 있기 때문에
삶은 그만큼 빛을 더해.

사람은 살아 있는 동안
있는 힘을 다해 뻐근하게 살아야 하고
그렇게 산 삶이 다하면
보이는 것은 내려놓고,
보이지 않은 것도 내려놓고
삶을 연습했듯이, 죽음도 연습하듯이
미련 없이 떠나라.

백년에 한번

혀를 빼 닮은 용설란 꽃은
행운의 꽃이지.
청순한 이미지의 가시연꽃은
행운을 안겨준다지.
가까이 있어도
보지 못한 토란꽃을 보고
있으면 가까이 있는
사람들이 더욱 소중해진다지.

소철의 아이보리 암꽃은
자식을 품에 안은 엄마의 상이라고 해서
강한 사랑이 꽃말이라지.

조릿대는 지조, 절개, 인내라나
조릿대 꽃도 행운의 꽃.
그만큼 보기가 어렵다는 게지.

소나무꽃은 불로장수
송화(松花)의 붉은 꽃술은 암꽃,
노란 꽃술은 수꽃.
백년에 한번 필까 말까 하는
노란 꽃 속의 꽃은
한 백년의 장수가 기본이라고 하지 않나…

미륵보살반가사유상 83

원만한 얼굴에 아미하며
콧마루로 내려진 선의 흐름은
날카로우나 시원하며
눈은 가느나 바깥으로
치켜져 있어 자비가 넘치고
입은 작은 듯 큰 듯
돌출된 데다
입가에는 미소가 가득 번져.

작은 손의 미세함이며
가슴과 팔은
가냘프면서도 풍만하지도 않아.

발가락의 미묘한 작은 움직임마저
생동감이 넘치고 넘치나니…

오른쪽 발도 오른손과 대응해
조성해 놓아 생동감이 넘치는
데다 법열을 깨달은
순간의 희열이 만연해.

미륵보살반가사유상의 미소를 두고
모나리자도 울고 갈 미소라고
극찬을 한다고 해도 다 빈치가 노하지 않을 터…

숭늉그릇

수월* 스님이 숭늉그릇을 집어
만공* 스님에게 주며
'이건 숭늉그릇이기도 하고
아니기도 하고…'
하자 만공 스님이 대뜸
그릇을 받아 마당으로
냅다 던져 깨어 버렸음이니.

그것은 숭늉그릇을
깬 것이 아니라
생각의 패러다임을 깬 것이며
생각의 판을 뒤집은 것일 터.

생각의 틀을 깨다 보면
진리에 한 발짝
다가설 수 있으며
삶이 보다 자유롭고 평화롭다고
여겨지는 것이
수행의 지름길일 테지.

* 일제치하 때 한국 불교의 정통성을 지켜낸 경허 스님, 그의 세 제자인 수월, 혜
  월, 만공 스님 중 한 분

인간관계

인간관계라면 소유도 그렇고
삶도 그럴 테지.
항상 넘치는 것보다는
적게 가지고 적게 먹으면서 살자며
다짐하고 다짐해서
오지로 들어왔음이니.

자운영이 만발하고
벌들이 꽃을 찾으면
스스로 빚은
그릇에 음식을 담아
행복하게 먹는 모습을
상상하며 도자기를 빚어.

도자기를 빚다 틈틈이 틈이 나면
집에서나 야외에서나
내키는 대로 수련도 해.

이웃이 그릇을 빌리러 오면
뭐든 가져가라고 해.
빌려 주었다가
깨진 그릇 그대로 가져오더라도
또 빚으면 되지만
인간관계야 한번 깨지면
관계 회복하기가
그보다 어려운 것은 없음이니…

남산

세계의 수도 중에서 남산만한 산을
포용한 수도가 있으면
누가 나서서 말해 보래.

남산은 보는 방향 따라
방망이로 다듬이질한 삼각형이나
굼실거리는 누에 같기도 해.
하루가 다르게 도시가 변해도
기댈 언덕으로 남은 데다
보글보글 끓는 된장찌개 같아서 좋아.

남산에 올라 사방을 조망하다 보면
서구 도시를 옮겨놓은 듯한 이태원,
초록이 군데군데 나들이한 용산,
굴곡진 집들이 수국 같은 후암동,
어미젖에 매달린 강아지 형상의 해방촌,
엄마 품안 같은 남산골…

하루가 다르게 치솟는 도심의 빌딩마저
한 눈으로 굽어보는 남산은
철갑을 두른 소나무가 있어 좋아.

남산은 세상 살기 각박하고 힘들어도
금수저 흙수저 뼈수저도
딸깍발이 남산골샌님 역적 바라보듯*
해바라기할 수 있는
한 나라의 수도를 품고 있어 좋아.

* '딸깍발이 남산골샌님 역적 바라보듯'의 '딸깍발이'는 남산골샌님의 별명으로
  가난해서 마른 날에도 신을 신이 없어 비 올 때 신는 나막신을 신고 다녀 딸깍
  딸깍 소리를 냈다는 데서 비롯했음.
  '역적 바라보듯'의 유래는 선비가 평생 공부를 해도 벼슬할 가망이 없으니 혹
  반란이라도 일어나면 기존의 벼슬아치들이 쫓겨나는 틈을 타 벼슬 한 자리 얻
  어 걸릴까 하는 바람을 상징한다는 뜻이 있음.

백매화

3월 초순 하동 쌍계사 경내로 들어서면
겨울이 혹독하면 혹독할수록
향이 더 더욱 짙다는
백매화가 탐방객을 반기나니…

까만 기와지붕과 조화의 정점을 이룬
팔영루 앞 백매화가
사찰 경내를 매화 향으로 그득 채워서는
탐방객을 반기는 것까지는 좋았으나
향에 취해 돌아갈 생각을
잃은 탐방객이 많아
참선에 정진할 수 없어 흠이 되었나니…

봄의 왈츠

구례 산수유 마을은
어디를 둘러봐도
예서 툭툭
제서 툭툭
봄의 왈츠가 울려 퍼지면

재스민 나무에서는
참새 혀 크기의
꽃봉오리를
오밀조밀 내밀어
봄의 왈츠에 맞춰
신명나게 춤을 추나니…

전나무 숲길

숲속의 새소리가 아침을 열면
오대산 월정사 일주문 지나
1km 금강까지
수령 300년생 1,700여 그루의
전나무 숲길이 열리나니.

그 길은 수많은 사람들의
소망이며 마음의 번뇌를 내려놓는
소중한 길이며
마중하고 배웅하는 길.

맑고 편안하며 깨끗한 마음으로
성스러운 성지를 참배하도록
아침마다 몸으로 쓸고
마음으로 정결케 함도 이에 있음이니.

2.

작은 입으로

작은 입으로

외로운 탓일까, 섬사람들은
휴가철이 돌아오기를
학수고대를 해.
하나 둘 외지로 나간 자식들이
하마나 돌아올까 해서.

오랜만에 자식들이 집에 오면
얼마나 좋으면
작은 입으로는 좋은지 어쩐지
말할 수 없어
입 찢어져 피 흘리는 것이
다반사라며 너털웃음을 짓는 데야.

독일 여인

독일에서 한국 유학생과 결혼해
한국으로 와 서울생활을 마다하고
첩첩산중으로 들어와
알프스 소녀처럼
산기슭 버려진 외딴 집을 수리해 살며
온돌방 아랫목을 좋아하고
청국장을 즐겨 먹는 독일 여인.

흘러간 유행가 가사처럼
'이 몸이 여자라고 남자 일을 못하나요.'

하고 하모니로 흥얼대며
허리가 불편한 남편 대신 힘든 일을
마다 않고 손수 다해.

이렇게 경치 좋은 곳에 살면서
예쁘게 살지 않으면
큰 죄를 짓는 것이라며
'내 인생의 황금기는 바로 지금이다.'
라고 큰소리 떵떵 치나니…

서향

팥꽃나무에 속하는 서향(瑞香)은
높이가 1～2m 정도
줄기는 곧으면서 가지는 수없이 많아.
꽃이 피기 시작하면
향이 천리를 간다는
속설이 널리 퍼져 있어.

외래종은 꽃이 옅은 홍서향인데 비해
쌍계사 청학루 앞
토종 백서향은 꽃도 크고 희어.

멀리, 더 멀리 향내를 내뿜어
사찰 경내며 주변을
온통 향으로 가득 채워.
향기에 이끌려
찾아온 속인의 마음까지
전율케 하나니
불자 아니라도 오늘 하루는
불은을 입고 귀가하나니…

이유

설악산 대청봉에서
수렴동 계곡으로 내려오면서
마음을 정화해서야
당신을 사랑하는
이유가 비로소 생각났다

몇 번을 태어나고
또 태어난다고 하더라도
당신을 사랑하기
때문이 아니라
사랑할 수밖에 없는
당신이기 때문이라는 이유를
끝내 말하지 못해…

첫사랑이니까

평생 숨겨둔 첫사랑이
찾아온다면
어떻게 할 것이냐고
내게 묻는다면
백 리고 천리고
도망을 친다고,
도망을 쳐서
첫사랑을 자물쇠로
꼭꼭 채워 숨겨두겠다고
대답할 거야.
그것은 나만이
간직한 첫사랑이니까.

행복을 낚다

어부는 바다에서 웃고 우는
소박한 삶의 전형.
여름의 문턱으로 들어서면
바지런만 떤다면
좀체 잡을 수 없는
녀석들을 낚을 수 있어
어부의 손길이 분주해.
뭍으로 나가는 것이
소원이기 보다는 고향에 있다는
자체만으로도 뿌듯하고
부자가 된 기분.
이유는 고기를 낚는 것이 아닌
행복을 낚다, 그것일 테지.

트롯

시골 산골 어떤 아낙은
일흔 평생을 두고
트롯을 너무너무 좋아해서
외우는 노래만 해도
수천 곡이 넘어.
그러니 입을 뻥긋하거나
입술만 달싹여도
트롯이 툭툭 튀어나와.
그 아낙 소원 하나는
죽은 뒤 관 속에
트롯 테이프 한 개 정도는
넣어 달라고
유언을 남길 정도였으니…

소안도

가고 싶은 섬 하나 있다면
행복을 낚아 올리는
완도군의 269개 섬이
옹기종기 모여 있는 소안도 일 테지.

소안도는 섬이지만
한때는 농사가 주업이었지.

가학산 정상에 서면 발아래로
앞의 섬은 불근도, 대모도,
그 옆 조그만 섬은 소모도

저 멀리는 청산도, 보길도
더 먼 아스라한
점 하나는 제주도 한라산 백록담.

이만한 선경을 볼 수 있는
포인트는
우리나라 어디에도
있지 않아.
롯데 타워에서도 볼 수 없으니까.

낭도 여인들

여수 낭도 여인들은
한여름 뙤약별 아래
산 비알 밭에서
지심(잡초)을 뽑으며
밭을 매나니.

밭에 들어서면
바랭이(잡초)가 원수
논에 들어가면
가래(잡초)가 원수
집으로 가면
시누이가 원수라고
넋두리를 늘어놓지만…

여름철 뙤약볕 아래
소도 부리면 화를 내는 데야
참고 견디며
힘든 것도 잊는다나.

나이 들면서
그리운 섬 하나씩 품었는지
낭도 연인들은
죽어서도 낭도에 묻히고 싶다는 데야…

브랜드

진도군의 독거도 주민들은
뭍에서 쌀농사를 짓듯이
바다가 내어준
미역 가꾸는 것이 주 농사.

육지의 논이 말똥이 논,
똘똘이 논, 갑순이 논,
을순이 논으로 나눠 있듯이
갯벌도 나눠져 있어.
여름 한철, 한 달 동안
그렇게 나눠진 갯벌로 나가
미역을 베어다 말려.
독거도 미역은 브랜드로 소문이 나
좋은 값을 받을 수 있다나.

키포인트

바닷가에 침상을 갖다놓고
누워서 수면을
바라보거나
앉아서 바다 위의 하늘을
바라보거나
일어서서 바다 속을
들여다보거나…

이 모두가
당신을 사랑하는
키포인트인 것을
깨달았으니
정녕 맹추는 아닐 터이지.

올챙이국수

열아홉에 시집이라고 와서
일흔을 넘겼는데도
엄청 오래된 가마솥을
아끼고 아껴.
그 가마솥에 올챙이국수
끓여 먹다 골병들고
하도 해 먹어 땀이 난다는 데야.

논두렁에 물 들어가는 것이
자식들 입에
밥 들어가는 것보다
더 좋은 것은
세상 어디에도 없다며
입버릇처럼 달고 사는 아낙.

자식들을 위해서라면
손발이 닳거나
물불을 가릴 수 있으리.

엄마 손맛은 불 때
짓는 밥이 제 맛인데
가마솥에 올챙이국수
끓여 둘러앉아
먹을 때면
자식들 얼굴이 떠올라
국수물에 눈물을
뚝뚝 떨어뜨려서
눈물로 배를 채운다니…

대승폭포

바느질하다가 무심결에 떨어뜨린
비단 한 조각도 소리 나는데
대승폭포 물 떨어지는 소리는
아예 들리지도 않아.
바람결에 흩어지는 물줄기쯤이야
멀리서도 볼 수 있으나
다가가 좀체 만질 수 없는 것이
대승폭포 아닌가 싶어.
88m 비단 필 스무 자쯤 베어내어
임의 옷 지으려니
가물어서 물줄기도 생기지 않아.
옷 짓는 상상조차 앗아갔으니
삼대 폭포 심술치고
놀부 심뽀 뺨을 치고도 남으리.

인사

시집 와서 부끄러운 나머지
말만 하면 얼굴이 발그레해졌듯이
사과가 발그레 익어 가면
40년이 넘는
무등산 푸랭이(수박)도
덩달아 익어 가.
더워서 사람도 지내기 힘이 드는데
너는 크는데 얼마나 힘 들었겠어.
고맙다, 고마워, 푸랭이.

농부는 한 덩이에 백만 원을 호가한다는
보름달보다도 더 큰 푸랭이에게
'고맙다.'며 인사를 달고 수확해.

노고단에서

한때 무박으로 구례 화엄사에서
노고단을 거쳐 천왕봉까지
걸어본 적이 있어서인지
비까지 내리는 데도
얼마나 길이 예쁜지
또 얼마만큼 길이 좋은지 알아.

빗소리에 숲이 깨어나는 진동마저
온몸으로 만끽하며 걷고
걷다가 빗방울이
나뭇잎에 내려앉는 소리를 듣고 싶어
걸음을 멈추면
빗방울이 반겨 맞기까지 하니…

부처께서도 기도를 들어 주셨는지
비가 오는데도 가끔 구름을
밀어내고 맑은 하늘과 태양을 내어 주니
행운이 따른 산행.

자연이 만들어내는 노랫소리에 묻혀
세월없이 걷다 보면
배도 비워지고
마음도 비워지면서
부처님의 말씀으로 꽉 차서
천왕봉에 올랐으니
오늘 산행은 수도승만의 산행일 테지.

간화선

문경 봉암사는 천년 봉쇄
특별 선원으로
특이한 사찰.
부처님 오신 날
단 하루만
일반인에게 공개해.

무게감 있는 선승들이 돌아가며
법상에 올라
일반인들의 마음공부를 위해
간화선 법문을 열어
티끌이 일긴 일되
티끌을 덮어쓰지 않는 선을 수행한다지.

안타까운 일

세상에서 가장 안타까운 것을
들라고 한다면
오직 당신만을 바라보며
사랑하고 있다는 것을
말하고 싶었는데
그런데도 당신은 내 마음이
어떤 것인지 몰라준다는 것.

당신이 나를 두고
멀리 멀리 떠나가 버리면
그보다 안타까운 일은
세상에 도시 없는데도…

해녀 할머니

추자도에는 122명 해녀가 있어.
그 중에서도 하추자도 묵리에 사는
여든 다섯 해녀 할머니가
물질은 기가 막히게 잘해.

1년에 6개월 물질을 하는데
물때 맞춰 바다로 나가면
수심 10 미터 이내에서
한번 잠수에 30초에서 1분 정도
4시간 전후로 작업을 한다나.

힘들고 고된 물질에도
함박웃음 잃지 않고 삶이 빛나나니…

3.
사랑을 심다

찬찬한 행복

사람 보기 귀하다는 깊은 산골
통나무집을 지어 놓으니
날씨도 추운 11월 중순인데
살모사가 마당을 휘젓고 다니며
터주 대감노릇을 하고 있으니…

골이 깊은 곳에서
자연과 더불어 살려면
어쩔 수 없이
뱀을 보는 것도 감수할 수밖에.

이런 저런 산골의 무게를
온몸으로 달게 받으며 감당해야
얻을 수 있는 것이
찬찬한 행복 아닐까 싶으이.

증인

겨울이 깊어가는 오지 산골
삼척 도계 점리 마을.
누렁이 암소가
밭도 갈고 일도 잘한다고,
소도 아들 같다며
아들도 좋고 소도 좋다고
자랑이 늘어진 할머니.

눈이 많이 와야
한 해 농사 풍년이 든다는데
주름살은 나이테, 삶의 증인.
그런 증인의 할머니가
눈 내리기를
고대하며 굽은 허리 등짐지고
손들어 먼 산만 바라봐.

어쩐다오

바위 사이에 터전을 마련하고
묵묵히 서 있는 소나무는
오상고절(傲霜孤節)의 상징.
그 바위에 올라 앉아
하늘 한번 쳐다봐
온 세상이 뻥 뚫려 있어
얼마나 시원한지.

이름 없는 산골 화가가
자연이 어떻다고
평하는 자체가 부질없다고 하면서도
붓을 들어 화폭에 담고 있으나
솜씨가 자연을
따라가지 못해 흉내만 낸다고 할까.
그래도 즐거운 걸 어쩐다오.

삶의 무게

눈이 많이 와서
자식들이 설 쇠러 못 와도,
이제는 함께 살자고
대구 졸라대도
고향을 지키며.
할아버지 먼저 보내고
홀로 11년 동안
살았다는 할머니.

소, 송아지, 개가 한 마리씩
고양이 셋, 염소 일곱 마리와
동고동락한다며
우리 집은 동물농장이라나.

그렇게 잊고 살면서도
힘들고 아프면
먼저 간 영감이 생각나.
봄이 오면
꽃은 피는데
한번 간 영감은 어째서 오지 않는지.

'왜 이렇게만 살아요?'
하고 물으면
'맨 날 이렇게 살아왔는데
뭘 어떻게 하라고…'하는 말은
삶의 무게가 깃든 대답 아닐까.

깨달음

해발 1000m 높은 고지
숨겨둔 삼 칸 암자.

암자 드나드는 길을
닦지 않은 이유로
함부로 사람이
오지 못하게 하기 위해서라는 스님.

황홀한 고독을
혼자서 누리고 사는 것이

얼마나 쾌적하고 즐거우면
선문답 같은 소릴 다 할까.

'많은 것 가지고 있으면
소중한 것을 몰라.
소박하게 살면
모든 것이 소중하고
필요하다는 것을
느꼈다면 그게 깨달음 아닐까 싶지.'

큰 일

'출가해서 스님이 된다는 것이
어찌 작은 일일 수 있으리.

세상 고통과 번뇌를
끊으려는 것이며
부처님의 지혜나 가르침을
이어 가려는 것하며…

이런 것들이야말로
삼계(三界)*에서
중생을 구제하기 위함이니…'**

이런 것이 큰 일 아니면

이 세상에

이보다 큰 일이

어디 또 있으리.

  * 삼계는 중생이 생사 왕래하는 욕계, 색계, 무색계
  ** 『선가귀감』 중에서. 선종은 현성(見性)을, 교종은 진여(眞如)를 밝혀놓은 불
    교개론서.

목탁소리

밤새 잠들어 있는 물상을
목탁소리가 깨우면
비로소 산사의 하루가 시작되고…

햇볕 스며드는 곳에
마련한 장독대가
스님의 유일한 곳간.

된장 한 술 푹 떠서 물에 풀고
석이버섯 한 주먹
집어넣고 끓이면
공양으로 그 이상 없을 터…

공양 끝내고 산에 올라
적적하고 조용한 내면세계를
관조하는 것은 수행의 일부.

세상 사람들처럼
심심하다, 외롭다, 재미없다는
생각이 들면
산에서는 살지 못하고 내려가게 돼.

청산에 기대어 산다는 것은
수행 하나는
제대로 할 수 있는 선택일 테지.

범생

숲은 저 혼자 살지 않아
공동체의 범생이지.*
곤충들도 와서 살고
새들도 깃을 틀며
동물에게 먹이를,
사람에게 맑은 공기를 내어주지.

숲은 전체로 보면 하나같지만
어우러져 있는 숲은
서로 다른 이야기를 나누며
상생을 당연시해.
생명과 편안함을
제공하는 것이야말로
숲이 지닌 고유한 특성일 테지.

* 모범생의 은어

고집

세상에서 가장 아담하다는 5평 암자
연암난야에 기거하며
그때그때 하는 일에 정성 다하면
그게 수행일 테지

방이 좁아 딱 두 사람 누울 공간이지만
스님에게는 불만이 없어.
실내는 좁아도 창문만 열면
바깥세상은 한없이 넓어
황홀한 고독을 오히려 황송하게 여긴다지.

좁아터진 도량(道場)의 뜰이라도
주위 환경을 깨끗이 하면
몸도 마음도 정화된다며 고집을 피우는 데야…

자부심

깊은 오지 높은 급경사 비탈에
통나무로 지은 목조주택은
황혼 나이에 지은 집.
집으로 들어서는
백여 계단은 힘들기도 하지만
오르며 풍광을
즐길 수 있는 특권이 주어졌다지.

이 세상에 유일하게도
딱따구리가 통나무를 쪼아 집 짓고
알을 낳아 새끼를 키워.
주인은 집을 망가뜨리는 것이
괘씸하고 미워졌지만
보다 보니
자연스럽게 공생관계가 이뤄져
자부심까지 생겼다지.

벽난로

얼마나 오르기가 힘들고 험하면
다람쥐까지 쉬어 간다는
계곡 끝이 보이지 않는 정선 오지
고도 700m, 사방 3km
이내에는 집 한 채,
사람 그림자라곤 없는 곳으로
들어와 흙집 지어
삶의 터전을 마련했으니…
이 집에서 자랑할 것은
그 여자의 디자인에
그 남자의 시공으로 만든 벽난로.
물이 채워져 있어
불을 때면 물은 당연히 데워져
난방이 해결되는 로망,
벽난로의 사랑이 꽃을 피워.

만석꾼

흙을 주물러 빚어 자기를 굽는 도예가
소나무 장작 패기는
도예의 일부라나.
가마에 빚은 자기 채우고
불질을 시작하면
소나무 장작은
타는 소리부터가 달라
잡티가 튀거나 불타는 소리 대신
눈 내리는 소리만 나니까.

곡간에 쌀이 가득하면 걱정 없듯이
마당에 소나무 장작을 패서
쌓아둔 장작더미가
집채만 하다면야
도예가의 자산은 만석꾼이지.

천직

산골길은 험난해서 등산로나 다름없어.
그런 길을 걸어 비알 밭으로 가다
오디가 있으면 따서 입 축임도 하고
짐 든 동네 어르신네를 보면
그냥 지나칠 수 없어
짐을 대신 들어주기도 하는…

그 어르신네는 노는 땅을 두고 볼 수 없어
굽은 허리 끌고라도 비알 밭으로 가
죽을 때까지 일할 것 같아.
무엇이 어르신네를
그토록 일에 얽매이게 했는지 모르겠으나
보고 듣고 몸에 익은 것이라곤
평생 일을 천직으로 여긴 탓일 테지.

소인배

너무너무 비탈진 밭이라
소를 부려 갈 수도 없어
괭이나 삽을 가지고
소 대신 몸으로 때우다 시피하며
흙을 파서 뒤엎어.

그렇게 갈아엎은 밭에
씨 뿌리고 가꾸며
염소도 키우는 사내.

사내가 '어서 온나.'하고 부르면

응하기라도 하는 듯
'음메'하면서 백여 마리 염소 떼가 몰려와.

미물인 염소마저 자기를
좋아하는지, 싫어하는지,
사랑으로 대하는 것인지 알아서
주식으로 사랑을 먹고
실하게 쑥쑥 크는데
인간 세상에는 그런 진리도
모르는 소인배가 왜 그렇게 많은지…

돌고 돌아서

오지 마을에는 소나무에 얹힌 눈이
봄소식을 전하면
돌고 돌아서 오는 봄의 소리를
마냥 듣기만 한다는 스님.

있으면 있는 그대로
자연이 내주면
내주는 만큼만 공양을 한다는 스님.

실없이 눈 치우다 말고
눈을 한 줌 입에 넣고는

팥빙수 맛이라며 시원해서 좋다는 스님.

그 맛은 눈 맛일까,
봄의 맛일까.

'외롭지 않으세요.'
하고 물으면
'외로운 맛에
여기 있는 거지 뭐…'하는 스님은
달마선사인가 봐.

미나리

봄을 맨 먼저 깨우는 향이라면
미나리 향이 아니겠어.
꽁꽁 언 땅을 비집고 나온
미나리 새순은
매화보다 싱그러운
봄내음의 전령사로 우뚝 섰음이야.

살짝 데쳐서 무치든
생선에 미나리 넣어 탕으로 끓이든
맛과 향은 진국이지.
맛의 고수는 삼겹살을 싸서 먹으면
식감은 아삭아삭
은은한 향을 잡아주며
감칠맛을 한껏 돋우나니…

위양지

밀양에 있는 위양지(位良池)는
착한 농부들에게
논에 물을 대주기 위해
축성한 저수지.

가산 저수지가 들어서면서
본래의 기능을 상실했으나
소담스런 이팝나무,
아름드리 왕버들과
소나무 숲을 이루어
명승지로 거듭 났음이니…

풍광의 정점은 완재정(宛在亭)으로
탐방객의 눈을 현혹케 하나니.

사랑을 심다

깊은 산골로 들어온 뒤로는
무엇을 해 먹고
살아가지 하는 걱정은
해 본 적이 없다는
산골 사랑의 사내.

무슨 마력 같은 자력에 끌려
다랑이 논에 모를 심고
힘써 가꾸지 않아도
가을이면 알차게 여물어.
여물기도 전에
멧돼지에게 반이나 나눠준다면서
다랑이 논배미마다
모를 심는 것이 아니라
자연친화적인 사랑을 심는다나.

4.
원만과 공적
―『대행스님법어집.무』에서

불법의 맛

퍼내어 쓰고 써도 줄지 않고
붓고 부어도 늘어나지 않는
무한 광대한 불법의 맛은
공공적적해서 고요하다가도
찰나의 이치에 부응하며
모든 것을 물리치고
바르게 세울 수 있나니…

평온하다가도 밝고 신령스럽게,
조용히 움직이다가도
어느 사이엔가 측량할 수 없는 무한으로
돌아가는 순간,
좁쌀만큼 드러내더라도
세상을 제도하고도
남는 것이 불법의 참맛일 테지.

실천

생활을 떠나서 불법(佛法)을
구하지 말 것이며
불법을 잃고 엉뚱한 데서
불법을 구하지 말 것이니…

살아가는 것이 곧 불법이므로
의식적으로 불법을
생활화하기보다는
생활 자체가 불법임을 깨우쳐
자연스럽게
우주의 주인공으로서
무위자연으로 살아가는 것이
불법의 생활화요 실천일 테지.

마음

세상 부모의 마음이
부처의 마음이고
부모의 사랑은
부처처럼 보답을 바라지 않는
희생에 있음이니.

자비의 마음이
중단되지 않는 것이 참선이고
씩씩한 마음 씀에
마음 아닌
마음으로 길 잃은 길을
걷는 것이
참 마음 아닐까 싶으이.

원만과 공적

원만과 공적(空寂)함을 근본으로 해
태어나거나 죽거나가
너무나 공평해서
천평 저울로 달아도
어느 한 쪽으로
기울어짐이 없음인데…

삼생의 하나인 이생에 태어나
욕심, 어리석음, 성냄은
삼도* 삼계, 윤회**를
벗어나지 못한 죄업이려니.

본래 주인인 중생의 성품,
곧 원만과 공적으로
되돌아가도록 계도함이
부처의 참 제자 아닐까 싶으이.

  * 삼도(三道)－수행의 세 단계인 견도(見道), 수도(修道), 무학도(無學道)
** 윤회(輪廻)－중생이 번뇌와 업으로 인한 삼도 육계(삼악도와 삼선도로 윤회
    하는 여섯 세계)의 생사세계를 돌고 돌면서 반복하는 것

큰 스님

어떤 선객이 찾아와 큰 스님에게
예를 올리고 느닷없이
"큰 스님!"하고 불렀으나
미동도 하지 않아.

다급해진 선객이
"큰 스님!" 하고 불렀으나
여전히 미동의 자세.

세 번째는 보다 큰 소리로
"큰 스님!"하고 불렀는데도

시종여일 그대로의 자세.

선객은 뭔가를 느꼈는지
"잘 배우고 갑니다."
하고 예를 갖추고 사라졌다.

선객은 큰 스님에게서
'어떤 일에도 마음을
경솔하게 움직이지 않는다.'는 것을
배우고 갔음에야.

믿음

눈을 번쩍 뜨고 세상을 보면
하루하루가 새롭고
귀가 뻥 뚫리면
세상의 영화가 헛되이 들리고
마음을 모으고 모으면
울산바위보다 단단해.
깨친 사람에게는
태어나 산다는 것과 죽는다는
것이 비온 뒤 맑게 갠 아침 공기보다
새롭고 새로워짐이 있음이니…

마음을 새롭게 다져 부처에게
다가가는 것이
참 믿음의 소산 아닐까 싶으이.

삶의 지표

오묘한 법도를 깨달았다고 하더라도
중생과 함께 하지 않으면
법도가 될 수 없으며,
제 아무리 높은
경지의 도에 이르렀다 하더라도
중생을 구제하지 못하면
법도라고 할 수 없거늘…

도는 깨닫지 못했을지라도
뭇 중생을 자비심으로 인도하겠다는
삶의 지표를 세웠다면
득도한 것이나 다름없을 터.

값진 것

재화를 가지려는 마음의 무게만큼
도의 마음은 줄어들며
명예를 추구하는
발걸음이 빠르면 빠를수록
도의 마음에서 멀어지기 마련이니.
천하의 명예를 위해
죽음을 택한다면.
비록 생명이 귀하기로서니
진리보다 귀할 수 없으리.
우주의 진리 중에서도
부처의 진리는 크고 커서
이 세상 그 어떤 것과도
비교될 수 없는 값진 것이려니…

속성

진리의 법칙은 무한히
자유로우면서도
바늘 끝처럼 첨예해서
용서가 없음이니.

세상의 모든 아픔을 혼자서
짊어진다고 해도
문제가 해결되는
것은 아니니.
하나의 문제가 해결되면
또 따른 문제가
뒤따르는 것이 진리의 속성임에야.

길만이

남을 위해 무엇이든 하려면
먼저 내 자신부터
남을 위하겠다는
마음의 자세부터
가다듬어야 할 것임에.

그것도 나부터 마음을
닦고 가꿔
안으로부터 순화시킬 것이니.
그 길만이 유일하게
나를 살리고
남을 살리는 길이 아닐까 싶으이.

마음의 등

한 줌 마음의 불씨가
온 세상을
비치고도
부족함이 없음이니.

가장 작고 가장 큰
불씨를 지펴
세상을 밝히는
마음의 등을 켜는 것이
부처를 따르는
불제자 아닐까 싶으이.

화두

일단 숨을 멈추고 바라보면
고요해지고 평온해지는
수행자의 길.
일반 대상은
마음에 너무 너무 쉽게
갈애(渴愛)와 혐오를
불러일으키나
마음의 뿌리를 들여다보면
좋아지기 마련인데.
그게 쉽지 않아서
오늘도 묵묵히 화두 찾아
수행자의 길을 걷고 있음이 아닐까 싶으이.

죄업

부처는 삼계의 모든 것을 가졌기에
중생에게 베푸는
것이 아니라
되레 삼계의 모든 것을
갖지 못했기에
중생에게 무한한 베풀음을
주는 것이니.
가진 것이 없다고
남에게 베풀지
못한다는 변명보다
큰 죄업은 세상에 없을 것임으로.

중생과 부처

본래 태어나고 죽는다는 것은
형체가 없음이고
번뇌와 공포
또한 실체가 없음이니.
중생은 진리에 휩쓸리며
업보로 살아가나
부처는 진리와 더불어
삶과 죽음까지 포용해.
중생이나 부처나
삶과 죽음을 겪는 것은 같을지라도
중생은 허우적거리나
부처는 그 속에서 초월하는
것이 차이라면 차이라 할 수 있음이니.

보답

선불교 한 선승은 화두 하나를
생명처럼 여겨
평생을 두고 죽기 살기로 수행하며
이 자리, 이 순간을
소중하게 여기고 숨넘어갈 때까지
놓지 않은 채 입적했음이니…

자신에 대한 확신이 서지 않으면
삶은 남의 집 머슴살이.
이 순간, 이 자리에서
죽기 살기로 최선을 다하는 것이
조물주가 이 세상에
보내준 시혜에 대한 보답일 테지.

피조개

파도가 꽁꽁 언 땅을 녹여
갯벌이 바닥을 드러내면
낙조로 유명한
여좌도의 여자만도 기지개를 펴고
때를 놓칠세라 피조개가
깊은 바다 향 머금어
통통하게 살이 올라.
바다가 거친 숨을 몰아쉬다
제 호흡을 되찾으면
어부들의 일손이 바빠져.
시간은 흐르기 마련
신선도가 생명인 피조개는
어부들의 삶이기 때문에
뼈가 부러져도
일손을 멈출 수 없음이 다반사라나.

고택

마을은 겨울에 묻혀 있으나
세월의 기억을
켜켜이 쌓은 고택은
봄맞이로 분주해.

모진 겨울을 이겨내고
갓 피어난 꽃이
봄비를 흠뻑 머금어
그 자체만으로도 황홀경인데
고택이 세월을
번쩍 들어 맞이해.
이는 묵은 것과 새로운 것이
조화를 이뤘음이니
금상첨화란 말 굿이야, 딱이야.

한 줌 먼지

자신을 희생시켜 세상을 밝히는
희생은 있을 수 없어.
희생이 희생에 의해
희생(犧牲)된다면
그것은 희생이 아니다.
더불어 기쁨 희생과
행복한 희생이 있음이니…

너와 나, 나와 너의 삶이
꿈꾸는 글로벌 시대인데
네 종교, 내 사상
나는 진보, 너는 보수를 따지는
자질구레한 이야기는
한 줌 먼지만도 못함이니…

5.
그 맛이야

약초 캐는

서른둘에 지리산으로 들어와
일흔 하고도 둘인데도
약초 캐러 다니는 여인네.
한 겨울 눈 쌓인 산에 올라
약초를 캐면서
'약성을 지닌 뿌리 식물은
제철인 겨울에 캐야
약성이 가장 강해.' 하며
산사람 같은 소리도 잊지 않아.

그네는 하루 종일 약초
한 뿌리 캐지 못해도
운동 하나는 제대로 했다며
만면에 미소까지 지어.
덤으로 행복한 시간을 보냈으니
여왕이 부럽지 않다나.

대면

인제 원대리 자작나무숲은
경탄을 자아내는 데다
놀랍도록 아름다워.
입구에서 두 시간 남짓 걸어
600미터에 이르면
수령 20년이 넘은
어릴 적 동화 속 이야기 같은
수천 그루의 자작나무와
특별한 대면을 하게 돼.

보는 느낌만으로도 놀라운데
복잡한 도시에서 살다
이곳에 와 보면
기가 막히게 좋아 홀딱 빠지게 되는 거지.
뭐, 그런 게지 뭐.

산악기차

태백선을 따라 펼쳐지는
하얀 겨울을 싣고
산세 따라 굽이굽이 달리는 산악기차.

산악기차는 깊은 계곡 따라
흘러온 개울물도 실어 나르고
산비탈 진풍경도
실어 나르지만
검은 흔적 폐광촌만은
너무 무거워 싣지를 못해
칠하다 만 수채화로 남겨둔 것이
외롭고 쓸쓸함을
더하면서 계곡 따라 달리네.

값진 행복

지리산 산자락 작은 암자에는
매일 매일이 행복하다는
스님이 기거하고 있어.
산소리 바람소리 벌레소리하며
온갖 소리와 더불어 사니까
푸짐한 행복을 누린다면서…

아침 산책을 나서면 햇빛이 따라오며
밤새 내린 서리를 보석처럼
반짝반짝 빛나게 해.
너무 예뻐 혼자 보기 아까워
함께 봤으면 하는 마음이
만인의 행복이라며
행복은 나누고 나누어야
보다 값진 행복으로 거듭 날 수 있다는 데야…

특성

금강송은 휴식을 마련해 주고
정감도 제공해 주며
추억까지 심어주니
돈으로 따질 수 없는 많은 것을 주니
버릴 게 하나 없어.

잎은 잎대로, 곧으면 곧은 대로
굽은 것은 굽은 대로
갈라지면 갈라진 대로
뿌리는 뿌리대로 쓸모가 있어.
금강송으로 집을 지으면
나무의 강도가 다른 소나무에
비해 두 배 이상 높고
뒤틀림이 없으며 갈라짐도 적은 것이
수성의 특성이라지.

수정암

월정사 말사 중 하나인 서대(西臺)
수정암(水精庵)은
너와로 지붕을 이은 암자.
워낙이 높고 외져 참선하는 스님에게
수행으로만 이용이 가능하다나.

그곳에서 탄공 스님이
3년째 수도하고 있어.
한여름에도 3일마다 아궁이에 군불을 때야
쥐들이 구멍을 뚫지 못해.
암자를 보름만 비워도
쥐들 등쌀에 수행을 할 수 없어
쥐와의 싸움도 수행의 일부라나.

혜암 종사[*]

세상에 옳은 것이 하나라도 있을까.
자문자답하는 이유로는
내가 내 마음을 모르고
내 마음이 나를 해치는데
무슨 자유, 무슨 행복,
무슨 성공이 있을까,하는 의문 때문에.

내가 할 일은 오직 하나
"예."하는 것이나
"이 뭣인고?"인지를 깨달을 수 있다면
이 자리에 정좌한 채
죽어도 여한이 없나니…

* 혜암(慧菴) 종사, 제 10대 조계사 종정

손끝

봄을 가장 먼저 느끼는 건
부지런한 농부의 손끝.

살랑대는 봄바람은
농부들의 손끝에서 시작해
논과 밭으로 달려가.

이른 봄인 데도
부지런한 농부의 손끝이
한 해 농사의 흉풍을
예감케 하나니
오는 가을의 수확도 풍요일 테지.

자서전

시도 때도 없이 어머니들이
불쑥 내뱉는 '자식이 뭐꼬?'
란 독백에 가슴이 매여.
남편과 자식들 뒷바라지로
거칠어진 손이며
허리마저 굽었으니…

거칠고 나쁜 것은 직접 드시고
좋은 것은 자식에게 내어주는
정성과 희생이야말로
세상에서 가장 자랑스럽고
훌륭한 어머니의 자화상이며 자서전.

염불암

오대산 오지 염불암은 단촐한 너와집.
이제 막 꿈에서 깨어난 듯
마음을 헤아려
부처가 되고자 하는 스님들의
일품인 참선 공간.

행자 승들은 하루가 멀다 하고
참선을 통해
깨달음을 얻고자
겉으로 드러나지 않으나
치열한 수행을 해.

화두에 묻혀 참선을 하다 보면
계절이 바뀌는 것도
알 수 없다는 암자가 염불암이라지.

오묘한 맛

봄 되어 꽃 피는 정원은
아내의 소원이 오롯이 묻어나는 곳.
게다가 사과꽃이 만개해
향기가 대지를 움직이면
그 유혹 어찌 이기리.

사과꽃이 꽃차로 변하는
마법 같은 순간을 즐기려면
팬에 아홉 번이나
구웠다 식히기를 반복해야
구수한 누룽지 끓이는 냄새가 나면서
꽃차가 완성돼.

그윽하고 오묘한 맛이야
봄을 주고도 살 수 없을 터이니…

삶

도시에서 살다가 가진 것
몽땅 내려놓고
오지로 들어와
아파트 방 한 칸 터에
벽과 구들,
지붕을 혼자 완성하는데
단 돈 50만원.
보기에는 옹색하지만
우아하고 소박한 삶이 있어.

관리비도, 주거비도,
할부금도, 세금도
많다고 불평하거나
아예 걱정조차 하지 않으니
고급스런 삶일 테지.

구름처럼

봄이 무르익기도 전에
나물이 파룻파룻
고개를 내밀 것을 생각만 해도
두릅, 취나물이
눈앞에서 아른거리고
잠을 자다가도
벌떡 일어나 창을 열어 봐.

게다가 얼음 녹아
흘러내리는 개울 곁에서
자연의 소리를
듣고 있으려니
시간은 그저 구름처럼
흘러, 흘러 훌쩍 흘러가 버리나니…

승소

해인사는 가을 김장김치 담기로
널리 알려져 있어.
한때 청담 스님이 주지로 있을 때
김장김치 맛이 기가 막혀
밥도둑이 늘어나자
김치곳간에서 비명이 진동했다나.
그것은 김장김치가 하룻밤 새
소태로 돌변한 데 있어.
범인은 누구도 아닌 청담으로
겨울이 가기 전에 식량이 동이 날까
김칫독마다 소금을 들어부었음이니.

조계사가 운영하는 공양간으로 승소가 있어
승소(僧笑)란 식당의 옥호로
스님들이 국수 소리만 들어도
미소를 짓는다고 국수란 별명이 붙었다지.

승소에서는 미소로 신도들을 맞이하고
식사를 하고 미소 지으며
돌아가게 한다는 운영 방침.
메뉴는 전통적인 사찰 조리법으로 만들어진
잔치국수, 비빔국수, 미역옹심이.
먹을 것이 귀했던 시절에도
스님들은 죽을 싫어한 반면
점심 공양으로 칼국수를 끓인다는
입소문만 번져도 온 절이
들썩들썩 할 정도로 좋아했음이니.
우리가 생일이면 으레 국수를 먹듯이
국수는 면발이 길어
길다는 것은 명이 길다 와도 통해.
면발 긴 국수를 많이 드시고
중생을 구원의 길, 광명의 길로 계도하면
그게 승소의 이유에 선답일 테지.

원곡 마을

20여 가구 50여 명의 원곡 마을은
가장 짧은 승강장을 가진 선로 따라
봉화와 울진의 경계선을 이루며
영동선 간이역 양원(兩元)이 있어.
역무원도 없고
표도 팔지 않는 간이역이지만
버스도 승용차도 없어
기차 아니면
오도 가도 못해도 활기가 넘쳐나.
관광열차가 멎는 8분 동안
승강장에는 나물장터 번개시장이 서면
주민들은 즐거움이 넘치고
관광객은 급히 사서 타야 하는
스릴 넘치는 진풍경이
하루에도 대여섯 번 벌어진다지.

작은 집

자연에 살기로 마음먹고
그런 곳을 찾아 헤맨 끝에
발길 닿은 곳에
수고로움과 기다림,
행복을 더해 2년여 동안
나무, 돌, 흙으로만
집을 짓다 보니
들어간 비용이야
톨 게이비와 천만 원 정도.

도시에서 찌든 마음
다 내려놓고 푹 쉴 곳은
이야기가 있는 동백 숲의 작은 집이지.

몽유도원도*

안평은 정묘(1447)년 음력 4월 20일,
깊은 잠에 빠졌음이니.
어떤 산 아래에 닿으니
우뚝 솟은 봉우리와
복숭아나무 수십 그루가 있는
깊은 골짜기가 나타나.

오솔길 갈림길에서
어디로 갈지 몰라 서성이다
지나가는 사람에게 길을 물어
말을 몰아서는
어떤 골짜기로 들어서자

시야가 탁 트이면서
복사꽃이 만발한 데다
붉은 노을이
피어오르는 선경의 마을이
나타났음이니…

* 이런 꿈을 꾼 다음날, 안평은 안견을 불러 꿈 이야기를 하면서 그림으로 그렸
  으면 좋겠다고 말했다. 안평의 꿈 이야기를 들은 안견은 감동을 해 그린 그림
  이 몽유도원도.

그 맛이야

평창에서 가장 흔한 것이 산 아니겠어.
방림면 운교리는
선녀가 목욕을 하고 비녀를 꽂았다는
비녀소가 있는
산이 많은 산골 마을.
지대가 높고 험하다 보니
여름의 한가운데까지
봄나물을 먹을 수 있어.

곰의 발바닥처럼 생겼다는 곰취는
마을의 특산품.
삶은 감자나 삽겹살을 구워
쌈을 싸서 먹으면
그 맛이야, 신선은 저리 가라지.

6.
버팀목

행복하니까

당신을 생각한다는 것은
사랑하기보다는
외로움을 달래기 위해
그 외로움을
견디기 위한 것이랍니다.

아무것도 남지 않은
사랑의 빈자리에
외로움이란
추억의 폭주열차를
급제동시키기 위한
수많은 내일이 있으니까.
그게 행복하니까의
해답이 아닌가 싶으이.

상추쌈

상추쌈으로 초승달을 싸서는
초저녁잠이 없는
증조할머니께 드리고,

상추쌈으로 그믐달을 싸서는
새벽잠이 없는
할아버지께 드리고,

상추쌈으로 보름달을 싸서는
초저녁부터 새벽까지
잠 좀 푹 주무시게
시집살이 고달픈 어머니께 드리리.

누군가

누군가는 팔순에 이르러서야
뿌리이자 마음의 고향인
내 집을 지키며
살기를 잘했다는 생각이 들었다니…

고향 집을 지키며 사는
이유를 묻는다면
엄마 품안 같은 행복을
알리고 싶다고,
널리 알려 다음 세대에게
곱게 물려주고
싶다는 대답을 마련했다니…

묵

가을에 도토리 주워 까서는
말려 뒀다가
좋은 도토리만 골라 빻아서는
옛날 방식 그대로
여러 번 걸은 물로 묵을 쑤어.
식어서 굳으면
탱글탱글하고 매끈매끈 하면
최고의 먹을거리.
오랜 세월 배인 것은 손맛 아니겠어.
도토리묵 무침은
쌉싸름한 것이 자연의 진미,
콩 갈아 넣으면
신선밥상은 저리 가라지.

엄마 밥상

한 더위에 붉은 고추를
죽기 살기로 따서는
농사지었으니까
아들도 주고 딸도 줘.

점심 때 집으로 돌아와
국수를 삶아 설탕 치고
지난 늦가을
밀보리쌀을 사다가
띄운 메주에
매실청 넣어 담근 고추장을
한 숟가락 넣고 비비면
여든 나이인데도
늘 그리운 엄마 밥상일 테지.

세상을

맑은 햇살에 면도를 하고 있으면
밤새 쌓였던 미망, 망상이
씻겨 나간다, 깎여 나간다는
느낌이 들고.
아무 것도 아닌 물상일지라도
마음을 주고 영혼을 주면
세상이 맑아지고.

보기에는 옹색한 삶일지라도
소박하고 우아해서
행복이 절로 찾아오는 데야
고급스런 삶이라는 스님.
세상을 몽땅 가진 것 같으니…

슬픔

태어나 살아오면서
가장 슬픈 것은
당신이 나를
남겨두고 떠나간 것.

그리고 떠나간
그 빈자리를
그 어떤 것으로든
채울 수 없다는 것.

그것은 죽음보다
더한 슬픔이었습니다.

씨름[*]

「씨름」은 들배지기를 당한 씨름꾼이
앞쪽으로 넘어지는 순간을 포착하고
구경꾼 스스로가 탄성을
자아내는 장면을 그렸음이니.

놀라운 솜씨는 다중(多衆) 시점이라는
고급 기법을 적용해서
그렸다는 점인데
그것도 구경꾼들 스스로가
하늘에서 내려다보는
시선인 부감법(俯瞰法)으로 그렸으며
그와 반대로 씨름꾼은

위를 쳐다보는 모습을 고원법(高遠法)으로
그려 비범한 역동감을 살려냈음이니…

거장의 실수는 아닐 텐데
이상한 부분이 한 군데 있으니
오른쪽의 두 구경꾼 중
한 사람의 손이 이상해.
이상한 점은 왼손과 오른손을 바꿔 그린 탓으로.

* 보물. 단원 김홍도의 풍속화도첩

인왕제색도[*]

한 여름 소나기가 한 줄기 지나간 뒤,
삼청동, 청운동에서 바라보며
비에 젖은 인왕산 바위의 풍경을
일기의 변화에 따라 감각적으로
실경의 인상을
순간적으로 포착해 그렸음이니…

이는 천재가 아니면
불가능할 정도로
매우 빼어난 구도이니…

비에 젖은 암벽의 중량감 넘치는
표현이 화면을 압도하며
인왕산 바위를 실감나게 그렸는데

필치는 대담하기 이를 데 없어.

그림의 중앙 부분 주봉은
가감하게 자르고
대범하게도 적묵법**으로
박진감 넘치게
재현한 수법이야말로
좀체 찾아볼 수 없는
진수 산경의 독특한 필법이리.

  * 국보. 겸재 정선의 산수화.
** 적묵법(積墨法)은 먼저 담묵을 칠하고 마르면 좀 더 짙은 먹으로 그리는 기법.

미인도*

7등신처럼 전신이 크며 머리는 칠흑처럼 검고
단정히 빗은 머릿결에 볼은 통통해.
얼굴은 갸름한 달걀형이며
눈썹은 가늘고 초승달처럼 둥글며
눈은 가늘고 작으며 목은 길어.
어깨는 넓지 않으면서도
감칠맛 나는 곡선,
유방은 있는 듯 없는 듯
손은 섬섬옥수 그대로 작고 고와.
치마는 옥색이며
속치마 고름은 붉은색으로 이채로운 데다
엉덩이만은 유독 크게 그렸음인데…

앞으로 태어날 아기를 생각해서
그렇게 그린 것이니
당시로서는 하나의 관례였으니…

* 국보. 혜원 신윤복의 풍속도화첩

수행의 근본

농작물을 가꾸다 보면 마음의 밭도 일구게 돼.

산속에 살며 확철대오(廓徹大悟)해서
중생을 구제하는 것이
수행의 근본인데
내 몸 하나 못 닦은 주제에
어떤 경지에 들었다고 착각하거나
깨달은 척하고 싶지 않아.

어떤 날은 산천 세계를
끌어안아 가슴으로 살고
또 어떤 날은 바늘 하나 놓을 데 없는
옹졸함으로 천변만화하는 마음.
그런 마음을 한 자리에 모아
움직이지 않게 하는 것이 수행의 근본인 데야.

법회

지리산 상무주암(上無住庵) 상주하는
은둔 수행자로
전설과 같은 현기(玄機)스님은
화두(話頭)로 선의 황금기인 당송 때
고승들이 주고받은
'뜰 앞의 잣나무',
'날마다 좋은 날'과 같은
화두 100여 종류를
수록한 선종의 교과서인
벽암록(碧巖錄)과
진리를 깨치는 간화선(看話禪)으로
수행 정진을 해.

82세의 몸인데도 새벽 2시에 기상해서
새벽예불을 손수 준비하고
아침 공양도 마련하는,
여법(如法)으로 사는 그 자체가 큰 가르침.

40년 두문불출하며 수행 정진 끝에
반야봉처럼 굳건한 스님이 되어
자의반 타의반으로
강화 나들이를 해
전등사에서 벽암록 법회를 법문한다니
답답한 국운이나 꽉 트여졌으면…

쉬운 것이

참선은 어렵다고 하지만 알고 보면
이보다 쉬운 것이 없어.
어디서 꾸어온 것이 아니라
본래 가지고 있는 것을
개발하는 것이기에
제일 쉬운 것이 부처님의 법이니
참선도 부처님 법 중에
부처가 되기 위한
가장 간편하고 압축된 대총상법문*이
참선이기 때문에.

우리는 본래 부처인 것이며
앞으로도 부처가 되어 가고
있는 것이기 때문에
부처님을 생각하며 걸음걸음마다
부처가 되어 가면 그게 참선이지.

* 『기신론대총상법문도(起信論大總相法門圖)』 곧 『대승기신론』의 중요 교리를
  요약, 도표로 만들고 간략하게 해석을 한 불전

여왕

추억이 모락모락 피어나는 곳
빛바랜 고운 추억까지
켜켜이 쌓아 두고
하나 둘 덜어낼 수 있는 곳.

그런 고향에 할멈 혼자 살아가는데
여자를 꽃처럼 아껴야 한다고
입에 달고 살다가
돌아오지 못할 먼 여행을
혼자 떠난 영감이
새 되어 훨훨 날아다니며
다랑이 논에서 일하는
할멈의 일손을 덜어 줄 것 같은 고향을
오늘도 할멈 혼자서 지키며
추억을 하나 둘 꺼내가며
살고 있다는 할멈은 여왕일 테지.

손님

우리 집에 오는 손님은
가까이 지내는 분
싱겁게 오려나 했더니
올해 따라 얄밉게도
올랑말랑 쉬 올 것 같지 않아.

봄의 전령인 복수초가
눈 속에서
얼굴을 뾰족 내밀었는데도…

3월의 추위로
장독대 항아리가 깨진다더니
왜 이리 더디 오는지
산수유 꽃을 쥐어보니
봄이 한 줌 잡히는 데도…

버팀목

팔순을 살아도 인생을
잘 살았는지 모르겠고
문학이 뭔지는
더 더욱 모르겠다.

글을 쓸 때는 사춘기 소년
글을 쓰지 않을 때는
구순 할아버지.

하늘에 덩그렇게 걸어둘
시 한 줄 썼으면
하는 바람이
팔순을 산 버팀목이려니…

시 창작은
가장 친근한 소재로부터

소재와 제재

    소재는 글을 쓰는데 동원되는 다양한 재료를 말하며 제재는 글을 쓰는
데 결정적인 재료를 말한다. 따라서 소재는 여럿이 있을 수 있으나 제재
는 오직 하나, 많아 봐야 두엇 정도나 될까.

    예를 들어 소월의 「진달래꽃」의 소재는 향토색이 짙은 영변과 약산이
며 보편적인 것으로는 임과 진달래꽃이다.

    그런데 제재는 겉으로 드러나 있지 않으나 내면에 숨어 있는 별리(別
離)고 주제는 가장 핵심적인 내용으로 차원 높은 이별의 정한이다.

    가장 친근한 소재를 선정해 쓴 필자의 시를 몇 수 옮긴다.

    시를 읽고 감상하는 데는 큰 부담을 가질 필요가 없다.

    그저 읽고 가슴이 뭉클하거나 마음에 뭔가가 와 닿는 것이 있으면 그
이상의 감상법은 없다.

    그리고 '그 시 좋은데.', '마음에 들어.', '당기는 데가 있는 시야.' 하면 최
상의 감상법이라고 할 수 있지 않을까 싶기도 하다.

• 가장 그리운 단어를 재제로 쓴 시의 예

어머니

인류의 멍에에 매이어 홀로
앉다가 서다가 끓는 속 무던히 태우고
태우다 못해 씻어버려도
서러운 정 붙일 데 없어
무지개 허리를 감은 노을같은 무게로
한평생 사셨던 어머니.

봄여름 지나 이 가을에 이슬
머금은 국화꽃처럼 외롭고 괴로운
밤마다 주고 줬는데도
준 것이 없다고 오월의
화사한 햇살 안고 아스라한 은빛 길을
고이도 달리신 어머니.

닭이 새벽을 향해 홰를 치듯
여인의 지고한 생애가 수많은 밤을
하얗게 사위고 사위어
아들의 가슴에 샛별과
같은 구원한 꿈과 희망을 심어주시고
생을 마감하신 어머니.

그대 창가

창가에 스며든 달빛에 취해

가을걷이 한창인

구안* 이백리

그대 창가 다다라

하마 머물렀던고

사모한다는 말 한 마디

전하지도 못한 채

밤새워 서성이며

그대 체취 훔쳐 맡나니, 훔쳐 맡나니…

들창에 스며든 별빛에 끌려

겨울채비 분주한

구안 이백리

그대 창가 머물며

하마 설레었던고

사랑한다는 말 한 마디

건네지도 못한 채

밤새워 서성이다

여명 안고 돌아오나니, 돌아오나니…

* 구안(邱安)—대구와 안동

• 단어를 재미있게 연결해 쓴 시의 예

이슬비

너와 나 만나면
이슬비 내린다.
있으라고
이슬비 내리는데
너는 술잔에
사랑을 동동 띄워 두고
어서 가라네.

너와 나 만나면
가랑비 내린다.
가라고
가랑비 내린다고
너는 밧줄로
두 다리 꽁꽁 묶어 둔 채
어서 가라네.

그대 내게
그대 소원이 무엇이냐고
내게 묻는다면,
그대의 속눈썹이 되고 싶다고.

그대 내게 소원이 뭐냐고 묻는다면

그대의 속눈썹이 되고 싶다고
그대의 속눈썹 되어
그대의 세상 들여다보고
그대가 슬퍼할 때
그 슬픔 달래주고
그대가 즐거워할 때
그 즐거움 남보다 먼저 알며
그대가 잠 잘 때
그 단잠을 지켜주기 위해
그대의 속눈썹이 되고 싶다고…

• 지역성을 살려서 쓴 시의 예

을숙도
강물이 마지막 흐름을 끝내고
바다의 품에 안기는 지점.
물길이 미로처럼 나 있고
사람 키보다 큰 갈대가
지천으로 늘린 곳.
소슬바람이 소금기 바람 만나
달빛 아래 깃털 날리며
사랑의 몸짓으로 살아가는 곳.

깃털 끼리 서로 부딪쳐서
저 세상 떼어내고

이 세상 어디론가 날아가면
한 편의 시로는 부족해
동화와 소설을 낳는
꿈이 서린 곳이다, 을숙도는.

두물머리
하루 일과를 정리할 즈음쯤
사계(四季)가 서로 다른
두물머리에 간다.

봄이면 파르스름한 물빛이
황포돛배 돛빛 짙게 하는
두물머리 이름처럼
하얀 물보라가 조용하게
역동적인 삶을 연출하면
살 의욕이 솟아.

살 의욕이 솟으면 기지개 한껏 켜
지친 몸 물속에 가두고
또 돛빛 같은 삶을 일구어 간다.

• 일화를 소재로 쓴 시의 예

서른 여인이
열일곱 꽃다운 아가씨는*

아미도 아리따워.
폭우 속 얇은 사
하얀 세모시 흠뻑 젖은 채
서재로 찾아와 춥다며
이불을 끌어안더니
사랑을 잘도 속삭이네.

느닷없이 묻기는 왜 물어
나이가 몇이냐고,
불혹의 나이가 되기 전
스물셋 시절이 있긴 있었지…

지천명의 나이가 된
신록이 눈부신 5월 하루
갓 서른 여인이**
뜻밖에 찾아와
눈웃음 살살 치며
과거를 잘도 추성이네.

문득 화담이 생각나***
미소 지으면서
한때는 스물 시절이
있긴 있었는데
지금부터 서른 해 전…

* 진이. 진이(眞伊)는 서경덕(徐敬德) 화담(花潭) 선생, 박연폭포(朴淵瀑布)와
  함께 개경 삼절(三絶)의 하나로 유명. 소리꾼 이시종을 만나 지은 "동짓달
  기나 긴 밤 한 허리를 베어내어"라는 시조와 소세양과의 만남에서 "어져 내
  일이여 그릴 줄을 모르든가"라는 시조의 절창을 남겼다.
** 기다림과 그리움의 여인 누군가는 꼭 집어 말할 수 없으나 내 시의 주인공.
*** 화담(花潭)─조선조 도학자인 서경덕(徐敬德)의 아호. 진이와의 일화로 유
  명하다.

백제의 미소

천년 전 백제 사람 세 분을 만나 뵈러
서산 운산 용현리를 찾으니
찡한 여운이 가슴에서 솟아나와.
좌에는 반가사유상,
우에는 보상입상
중앙에는 본존상을 조각한 것이
마애여래삼존불상 아니겠어.

온화하고 고졸한 미소는
부처님 아닌 우리 이웃집 아저씨 같아
천년을 뛰어넘어 현재에도 살아
싱긋 웃는 미소로
현대인에게 각인되나니…

마애여래삼존불상이야말로
천년의 얼굴을 가진 부처님 아닐까 싶으이.

• 일상의 언어를 시로 쓴 예

당신

알뜰히 설레어 부푼 가슴은
도도록 통통한
아람일래.
길고도 오랜 뒤안길에서
이제는 돌아와
삼보리로 둥지를 튼
긴긴 메아리의
땅과 같은 당신이시여.

깊고도 은은한 그리움이야
연륜이 태질하는
소리일래.
살찐 추억의 뒤안길에서
지금은 열두 길
열반의 무상주이신
둥근 메아리의
하늘 같은 당신이시여.

인연

전생에 그대는 빛으로
난 그림자로
두 몸 하나 되어

도리천 거닐며
빛이 나면
그림자로 따랐는데…

이생에서 만난 인연
얄궂게도
서로 뚝 떨어져
그리움 키우고 있는가.

한 잔 달빛
초승달이 꿈길을 밟고 오면
한 잔 달빛을
채운 술잔을 기울여
비워 내듯이
내게는 헛먹은 나이를
집어내고픈
곱디고운 여인이 있었음이니…

새벽달이 꿈길을 밟고 오면
한 잔 여명을
따른 술잔을 기울여
비워 내듯이
내게는 살아온 나이를
덜어내고픈
곱디고운 여인이 있었음이니…

꿈길

그대 보고 싶어서
꿈속에 찾은 길
흔적이 생겼다면
고속도로
열 노선도 뚫었겠다.

그대 보고 싶어서
꿈속에 찾는 길.
빠르기로 친다면
우주선이 지구로
재돌입하는
순간의 빠르기보다
조금 더 빠르겠다.

미발간 시집

작은 맛

큰 맛

아픔 한둘

누구나 하루하루 생활을 하다 보면, 뭔가를 놓친 것 같은 아쉬움 한둘은 있지 않을까 싶기도 하다. 그 아쉬움 놓치지 않으려고 깨어난 꿈속에서도 깨뜨리지 못한 아픔 한둘을 빼고 더하면서 그렇게 아프지 않게 오늘 하루를 달래는 것은 아닌지. 그것은 애걸도 아닌, 기도는 더구나 아닌 함께 못한 아쉬움을 시로 달랜다고 할까.

내가 아주 어릴 적이었다. 딸네 집에 가는 할머니를 따라 선산 무을 언시 고모댁에 간 적이 있었다.

그때 따라가겠다고 땡깡을 부린 탓인지는 기억에 없으나 업히다시피 하며 할머니와 고모의 손에 이끌려 20여 리나 좋이 되는 오솔길을 걸어서 가영산 자락에 있는 수다사(水多寺)에 갔었다.

지금도 그때 본 초파일(당시는 어린 탓인지 초파일인지도 몰랐음)의 정경이 생생하게 떠오른다.

어머니는 층층시하(層層侍下) 시집살이가 너무 힘들고 고달파 절을 찾고 싶어도 찾을 틈이 없었을 것이다.

그런데도 내가 베트남 전쟁에 참전했을 때였다.

마을 앞 서산의 정(靜)한 곳을 찾아 오리나 되는 길을 꼭두새벽에 집을 나서 정한수를 떠놓고 아들이 무사히 귀국하기를 1년 내내 빌었다는 것을, 뒤늦게 귀국해서야 알았다.

그 정성이 얼마나 지극했으면, 비가 오나 눈이 오나 태풍이 몰아쳐도 단 하루도 거른 적이 없었다고 한다.

그런 지극정성이 이심점심으로 전해졌는지 내가 죽을 고비를 서너 번 겪었으면서도 무사히 귀국할 수 있었던 것이 아닌가 싶다.

어머니의 기도는 딱히 불교의 믿음은 아닐 것이다. 토착 신앙이랄까. 토착 신앙은 전래 불교와 믹스되어 한국 불교 뿌리의 일부가 되기도 했었는데 사찰 맨 뒤편에 있는 삼신각이 그 예가 될 것이다.

어릴 적 영향 탓인지 모르겠으나 영세는 물론 견진성사까지 받은 가톨릭 신자지만 냉담자와 다름없고 사상의 뿌리는 불교와 관련이 깊다.

이번에 묶은 시집 『작은 맛 큰 맛』에 수록된 시는 최근작이 대부분이다. 한 권의 시집으로 묶으면서 깁고 또 깁고, 고치고 또 고치기를 수백 번이나 한 시들이다.

선후나 체재는 특별한 의미가 있는 것은 아니다. 시 작업을 하면서 페이지마다 여백의 미를 살리기 위한 것일 뿐.

어느 시집이나 마찬가지겠지만 시집을 펼쳤을 때, 줄과 줄의 조화, 짝수 홀수 면의 여백미까지 감안해서 시를 배치한 것이 내 시집의 특이한 점이며 『작은 맛 큰 맛』도 예외가 아니다.

팔순을 살아도
인생을 잘 살았는지 모르겠고
문학이 뭔지는
더 더욱 모르겠다.

글을 쓸 때는 사춘기 소년
글을 쓰지 않을 때는
구순 할아버지.

하늘에 덩그렇게 걸어둘
시 한 줄 썼으면
하는 바람이
팔순을 산 버팀목이려니…

시「버팀목」

2022년 신록의 5월에
지은이 적음

『팔순기념문선』을 준비하면서 「시집모음」은 제목이나 내용을 수정하고 보완했으며 시를 이리 저리 옮겨 차례도 많이 달라졌다. 또한 시집의 분량을 고려해서 신작을 첨가하기도 했다. 경우에 따라서는 시의 내용이 유사한 시편은 시집간 이동시켜 편집하기도 했다. 그리고 차례의 여백을 고려해 신작으로 미수록 시편도 마련했다. 따라서 앞서 세상에 나온 시집과는 제목이나 차례, 내용이 다르거나 많이 달라졌다.

　이런 작업은 생각하고 생각한 끝에 고심한 결과다.

　기존 시집과는 다소 혼란이 있을 수 있겠지만 달라진 이유로는 분명히 작품에 대한 불만, 아쉬움, 만족할 수 없는 것을 보다 완결에 가까운 작품을 만들겠다는 허욕(虛慾) 때문이며 그런 허욕이 없다면 문선을 준비하는 의미가 반감될 수밖에 없을 것이다.

2022년, 신록의 5월에

1.

누가 왔다 가면

희한한 곳

왠지 모르게 떠나 있으면
마음을 끌어당기고
한번 머물면
발길을 돌리지 못하는
희한한 곳.

풍경에 이끌려 왔다가
자나 깨나 추억을
잊지 못해 살다 보니
저 너머에서 오는
그리움으로 사는 마을이 되었음이니…

작설차

곡우 전후해서 어린잎이 세 잎 날 때 따
1차 볶음이 차의 진미를
70% 좌우하므로
노하우의 숙련을 발휘한다지.

1차 볶음에서 재빨리 꺼내
맑은 공기를 쐬우면서
차를 깨운다는 비법 그대로를 살려
비벼 주기를 해야 하고
차와 물이 만났을 때
차가 잘 우러나도록
차의 조직을 파괴하기도 해.

이렇게 반복하기 아홉 번
마음을 담은 지극 정성이야 덤일 테지.

햇차를 생산하면
먼저 쌍계사 부처님께 헌차하고
주지 스님께 평가 받아.
주지 스님이
'금년 차는 잘 됐다.'고 한 말은
차 속에 자연이 듬뿍 담겼다는 뜻이니
그게 신의 평가 아닐까 싶으이.

동문서답

산골 어르신은
어쩌다 지나는 등산객 만나
일부러 들렀다는
등산객의 말에 그만 감동해
집으로 들어오게 해서
저녁밥 지어 먹이고
잠까지 자고 가게 해.

등산객이
"전 이런 생활이 부러워요.
좀 불편해 그렇지. 어르신도 그럴 걸요."
하면 그 말을 넙적 받아
"산에서는 되는 건 되고, 안 되는 건 안 되지."
하고 진리를 토하지.

등산객이

"산을 다니다 보니 산에 사는 사람을 이해하게 돼요. 내 속에 있는 나를 볼 수 있고 도시에서 느끼지 못하는 나를 느끼니까요. 그것이 반복될수록 산을 또 오르게 되고요."

하자 어르신 그만 울컥 해서

"산속에 산다고 손가락질하는 거요? 누가 저 같은 것을 부러워하는 사람 있겠소. 날 부럽다니, 당신이 내 삶 다 가져가시오. 아까울 것도 미련 둘 것도 없으니…"

하고 울컥해 하나니.

그런 날이면
어르신은 쓸데없는 소릴 했다고,
푼수를 떨었다고
밤새 잠을 설쳤다나, 어쨌다나.

쾅 하고

산꼭대기 암자에서
1주일 머물렀는데
20년이 흐른 듯.

척박한 암자에 머무는 묵설 스님은
외롭지가 않아.
인연 닿아
십 몇 년 째 올라오는
82세 절친 신부님이 있어.

자연과 더불어 살아야 한다는
스님의 말씀
마음에 쾅 하고 와 닿으니…

암자

말소리, 걸음걸이,
행동 하나하나가
맑고 순수해
불자의 마음까지
정화시키는 스님.

깊은 산 속 암자마저
스님의 마음을
빼닮아
살아 있는 예술이며
하늘이니
극락이 바로 이 암자이니…

할아버지

육지 속 섬마을 방우리 사람들은
어떤 인연으로 모여 살까.
이런 저런 인연이 모여
도란도란 산다지.

할아버지 한 분은 걸레를 빨아
손으로 밀고 다니면서
방이며 마루를 닦아.
힘이 들어도 깨끗하면
마음까지 깨끗해지고
주변이 찌뿌드드하거나
너저분하고 더러우면
마음이 영 개운치가 않다면서.

농사일은 나이 들면 들수록
일이다 생각지 말고
운동이다 하고
쉬엄쉬엄 해야지 힘이 덜 들어.

여든 나이에 농사짓지 않으면
엄마 입장에서 보면
자식들 주고 싶어도
줄 것이 없어
주지 못해 안달하다시피 하니
할머니 마음 편하라고
농사를 짓지 않을 수 있겠냐고.
덤으로는 마음도 편해지니까.

어르신

이웃들 하나 둘 떠나고
홀로 남은 어르신.
자식들 공부 못 시키고
돈도 해 주지 못해
같이 살고 싶고
용돈이라도 한 푼 달라고
하고 싶어도
그런 소리 못해.

여든여섯 나이에 화전민으로
눌러앉는데도
혼자 있으면 썰렁해도

여럿이 있으면 훈기가 도는데
혼자 있다는 것을 생각하면,
나뭇가지가 흔들리는 것과
같지만 여럿이 있으면
옆 사람 믿고 든든하다는 어르신.

문득 달을 쳐다보더니
찬 하늘에 달이 붕 떠 있으니
얼마나 춥겠냐고
아들딸처럼 달을
걱정까지 해 주는 어르신.
그 질박하고 소박함이여.

고독

욕심이란 내려놓기 위해
비워내기 위해서 있는 것이라는
스님은 무서운 고독을
피하기보다는
몸으로 때우며
가까이 다가가 친구가 되어
내 안의 부처님으로
모셨음이니…

스님은 찬 없이 밥만 먹어도
씹고 또 씹으면
달고 맛있다는 데야
부처가 따로 있을 수 없음이니…

맛있는 봄

자연의 움직임이 느리고
변화는 없으나
단순함이 넘치는 오지.

기다림이 있습니다.
봄이 가져다주는
풍성함을 늘
입에 달고 사는 봄을.

동영상도 해킹도 없으나
맛있는 봄은 있습니다.

누가 왔다 가면

여든 여섯 나이 들도록
깊은 산골에만 처박혀
산 노인인데도
얼마나 외로웠으면
가뭄에 콩 나듯 인연의 끈도 없는
누군가가 왔다 가면
섭섭한 생각으로
일이 손에 잡히지 않아.

눈에 아예 띄지 않으면
마음 놓고 일만 하고
신경 쓰지 않아도 괜찮은데…

누가 왔다 가기라도 하면
마음이 썰렁해서
하루 종일 내내
마음이 붕 뜨고
일도 손에 잡히지 않아
술만 먹다가
그냥 잔다는 산골 어르신.

그 어르신이
'사람은 사회적 동물이다.'
라는 것을 온몸으로
증명함이 아닐까 싶으이.

묘향암

반야봉 1500m에 자리를
차지한 묘향암.

고저늑한 암자에는
호림 스님이
17년 간 지내며
낮고 깊은
불경소리 끊이지 않아.

애견 일광이가 있어
암자가 안온하고
깍은 머리 파르라니 스님이
여리고 고와 보여도
가슴 아린 것은 뭔 일이런가.

법정

산을 나선 법정 스님이
길상사가 주관한 법회에서
'봄이 와서 꽃이 피는
것이 아니라
꽃이 피기 때문에
봄이 온다.'
는 법문에 가슴이 미어지고
눈물까지 나.

'고맙습니다.'
'그립습니다.'
로 응대하는 것이 불자일 테지.

서진암

서룡산 중턱 자그마한 암자는
실상사의 부속으로
수행의 일처(逸處).
서진암에서 대자연을 벗 삼아
수행하는 스님.
하마나 진지한 모습이
곱고 아름다워
보기만 해도 숨이 멎는 듯해.

스님의 말씀 나눠받으러
암자를 찾는
불자가 줄을 잇고 있음이니…

감동의 드라마

운문사 일진 스님*의 화두
'자연에서는
우리도 자연의 일부이기 때문에
여의었다.'
는 데 머리가 숙지고
더욱이
'절에 가서 부처님을
찾지 말고 집안에서 만나라.'라는
설법은
불심을 낳은 감동의 드라마.

* 일진 스님, 청도 운문사 거주

선문염송

문광 스님*의 선문염송은
깊고 그윽해.

불경과 불교정신을
몰라도 듣고
알아도 듣다 보니
먼지만큼만 이해를 하더라도
온몸에 힘이 솟고
깨달음을 낳는
희열을 느낄 수 있음이니…

* 문광 스님, 순천 송광사 거주

2.

추억의

보관소

추억의 보관소

매년 손길이 가서 귀찮지만
황토로 지은 흙집은
흙냄새 맡는 재미가 쏠쏠해.
하룻밤 자 보면 말로
표현 못할 개운함의 진미를
만끽할 수 있으며
계곡 물가에 앉아 있으면
물소리 찬 기운에 뼈 속이 다 시원해.

가을철 창호지 갈 때
나뭇잎 따서 붙이고 바르면
나만의 비밀 공간이 생겨.
추억의 보관소로
이만한데 있을까 싶지 않아.

일침

집에서 조금만 걸어 나가도
깊은 계곡이 나오는 오지
'좋은 신랑 만나
자연 속에서
자연스럽게 사는 것이
되게 좋네요.'하는 여인.

더욱이 그 여인네는 뜬금없이
'어디 어디에 사느냐가
중요한 게 아니라
그보다 어떻게 사느냐가
되게 중요한 것.'이라며
일침을 놓는 데야.
그런 재치가 세상사는 재미일 테지.

방울토마토

비닐하우스에 방울토마토 심어
수확을 하다 보면
몸은 고달파도 뿌듯한 하루.
자태도 고운 데다 육질도 단단하니
맛이야 두 말하면 잔소리지.
꽃이 피면 벌 나비
날아와 꽃가루받이하면
신기하게도 열매가 열리고
열흘 사이 익어.
방울토마토 농사로
30년 청춘을 바친 지금에 와서야
꿈이 영근 것이며
행복의 열매가 열린 셈이려니…

더덕

산을 오르다 눈에 띈 더덕 몇 뿌리 캐서
텃밭에 심어놓고
열매 열면
그 씨앗 받아 또 심어.
이태마다 옮겨심기 다섯 번.
세월 흘러
이맘쯤 캐 보니
크기가 다듬이 방망이만한 데다
육질이 단단하고
맛과 향도 진해.

더덕이 향수(香水)야 저리 비켜나라며
마구 떠들어대는 데야
고수로 대접하지 않을 수 없지.

복마골

나가는 데는 한나절로는 부족하고
외지에서 들어오는 데는
한나절에 반나절이 걸리는 곳.
드나들기 힘들어
자급자족이 다반사인 마을.
복마골 여름은
살맛나게 하는 개복숭아 풍년.
그 열매 따다
얼음 바람 나오는 동굴 앞에서
선별작업을 하다 보면
땀으로 절은 등골이 오싹해.
설탕과 반반으로 담가 뒀다가
해 묵은 엑기스 걸러내면
귀신 씻나락 까먹어도 모를 건강 효소.

옥류동

가야산 해인사 옥류동* 계곡은
유명세보다 6.8km
소리길이 낮기는 나아.
두어 시간 쉬엄쉬엄 걷다 보면
계곡이 빚어내는
온갖 소리를 들을 수 있어.

소리 길을 걷기 전까지만 해도
인간사 힘들고 찌든 삶
이고 지고 매고 있다가도
돌아갈 즈음에는
모든 것 내려놓고
가벼운 발걸음으로 돌아갈 수 있음이니…

* 일명 단풍이 붉게 물든다고 해서 홍류동

마을

앞산과 뒷산이 이마를 맞대듯이
마주 보는 맞배지붕 같은 마을.
그 사이를 유일하게
바람만이 넘나드는 첩첩산골 돈 너머 마을.
그 마을을 가자면
고개를 넘고 또 넘어서 탈진해야
간신히 닿을 수 있어.
마을의 지질은 석회암
빗물이 스며들어 돌리네 동굴의 특성을
지닌 석회암 지형으로
산이 산을 살찌우고
물이 물을 살찌워 주기 때문에
배추 농사가 제격인 마을이래지.

아궁이

아궁이에 장작불 때고 있으면
성내고 화내는 마음
어리석은 마음이나
곱고 미운 마음까지
아궁이에 집어넣을 수 있어.

또 때로는 탐심, 욕심
생기는 것까지도
아궁이에 집어넣을 수 있어.

아궁이에 장작불 때면서
없는 것 탐내기보다
가진 것, 있는 것 태우는 것이
수행인 것을
아궁이에 불질하며 깨달았으니…

선문답

영월 한밭골 깊은 골로 들어가
암자 지어 수행하는 스님은
자연이 좋아 무심결에 첩첩산중 찾았다며.
얼어 죽지 않기 위해
오만 부지런을 떨어 오기로
월동준비를 대차게 했음이니.

'전기도 들어오지 않고
폰도 터지지 않는데
어떻게 살아요?'하고 물으면,
스님은
'허허, 참. 전기 들어오고 폰 터지면
내가 왜 들어왔겠어.'하고
대답하는 것이 전매특허였으니…

가지 마라

가지 마라, 가지 마라 세월아
그 겨울 내 곁에 머물게.

겨울에 내린 눈 녹지 않게,
꽁꽁 언 손 호호 불며
애들처럼 썰매 좀 타게,
처마의 고드름
떨어져도 부서지지 않게,
뚝뚝 떨어진 고드름
세워놓으면 녹지 않게.

가지 마라, 가지 마라 세월아
그 겨울 내 곁에 머물게.

노하우

계곡 외진 산 비알 자갈땅을
텃밭으로 일구어서
씨를 뿌리는 데도
농부의 노하우가 있어.

씨를 뿌리고 대나무 비로
설설 쓸어주기만 하면
씨가 씨 키만큼 묻혀
새에게 뺏길 일 없어.

일하다 지친 몸 냇가 소에
담가 뒀던 수박을 잘라 먹으면
그게 삶이고 행복이지.

사랑터

사랑터 마을에 사는 할매는
하루의 일과 시작은
나물 밭에 나가
잡초와 씨름하는 것이래.

잡초를 뽑다가,
농약 치다가 괭이질을 해도
일은 쌓이고 밀리기 마련.
위안이라고
한다면 꽃은 지천이니
눈이라도 호강한다는 것.

때맞춰 5일장 나가

모종부터 사고

사고 싶은 것 사서

돌아올 때는

일이 하고 싶어

발걸음이 절로 빨라진다니

그게 오지를

떠날 수 없음일 테지.

시 한 편

그리워하던 오지를 찾으면서
자연이 숨겨놓은
바람결에 나뭇잎이 반짝이는
계곡 하나 만났으면 했는데…
더욱이 고랫등 같은 집을 두고
여름 한철을 초막애서
보낼 수 있었으면 했는데…

그 여름 두어 달 내내
그리움 불러 오고
그리움 떠나보내는
장소로는 안성맞춤인 오지 초막,
그곳에 숨어 지내며
시 한 편을 지으면 좀 좋으련만.

빨래

산골 오지 마을에서 보이는 것이라곤
앞산, 뒷산, 오른쪽 산, 왼쪽 산
그 사이 손바닥 크기의 밭.
사람이라곤 없으니
남을 의식하는 불편함 없이
생활할 수 있어
얼마나 자유로운지 몰라.
계곡으로 가 손빨래로 치대고
빨래 줄은 나뭇가지
걸어 두기만 하면
바람이 오명 가명 말려주는 데야
더 이상 바랄 게 있겠어.

아프도록

눈이 시리다 못해 아프도록
푸른 앞바다를 바라보며
기다리면서 살아가는
할매 있어.
기다리고 기다리는 사람은?
50년 지기로 평생 살면서
얼굴을 찌푸린 적도,
말다툼한 적도 없는 우리 영감이지.

세상에 큰 사랑이야
혼하고 많기도 하겠지만
우리 부부 바다 같은
깊고 넓은 사랑,
어디 가 찾을 수 없으리.

3.

인생의 치수

가을산행

누가 가을 하늘을 두고
'푸른 물이 뚝뚝 뜬다.'고 했을까.
산을 오르는 여인네들 청옥 빛
마음 담긴 땀이 뚝뚝 떨어지는 것을.

'오! 오메, 하마 단풍 들겠네.'
이보다 아린 마음으로
물든 단풍인데도
산을 타는 여인네들
맑은 정기 씌운 마음보다 고울 수야…

아무렴, 누가 뭐래도
산행하고 하산하는 여인네들
청정 대기에 흠뻑 취한
맑고 고운 그 마음은
이 세상 무엇과도 바꿀 수 없으리.

전설예찬

역사와 전통이 오래면 오랠수록
전설도 다양하고
역사와 전설이 얽히고 설킨
마음의 양식을 쌓아왔음이니.
전설이 없다면
상상력이 결핍된 사상이고
시 없는 글이며
향기 없는 꽃인 것처럼
세상은 얼마나 메마를 것인가.
과학은 인정하지 않으나
어릴 적 꿈과 희망이며
문학의 자산인 전설을 친숙함 때문에라도
보듬어 보존할 가치가 있음이니…

더도 말고

끝없이 이어진 하늘 길 오르다
뜻밖에 만나게 되는 외딴 집 한 채.
소나무 우거진 산속
솔향기에 취해
삼일 동안만 살아보면
몸이 가볍다는 것을
온몸으로 느낄 수 있어.
가물어도 곤드레가 튼실하게 자라
해마다 곤드레 나물 팔아
골짜기 밭을 다 샀으니
더도 말고 덜도 말고 지금만 같으라고
입버릇처럼 뇌까는 사내가 부러워.

거미줄

거미가 실을 뽑아 집을 짓듯이
사람은 평생 거미줄에 갇혀
산다는 것도 모른 채
거미 같은 삶을 살기 위해
스스로 실을 뽑아 자기 가둘 집을 지어.
사랑, 명예, 부, 권력을 위해
아니, 인류를 위한다며
갖가지 핑계까지 되면서
거미보다 더 많은 욕망으로
한 줄 거미줄에 옭매어
마치 몇백년 살 것처럼
운명입네, 숙명입네, 팔자네 하며
아무렇지 않게 받아들이면서.
하난 자연의 섭리, 다른 것은 인위의 거미줄.

인생의 치수

세상은 내 세상, 인생도 내 인생
그런 세상에, 그런 인생에
자기만의 기준을 세워서
인생의 치수를 매겨
남을 함부로 재단하지 말지니
돌아오는 것은 상처뿐이리.

인생은 공장에서
찍어낸 메이드 인*이 아니라
개성이 묻어나는 인생으로
나만의 예술품이 돼야
값지고 보람차다 할 수 있으리.

* 메이드 인－기성품, 기성복, 개성이 없음을 비유.

칠면초

단풍이 물들기 시작하면서
일곱 번이나 색이
변한다는 칠면조를 닮았다는 칠면초.

순천의 농주 마을을 찾는
탐승의 적기는
9월부터 11월 사이
서정적인 가을날이래지.

산의 단풍을
몽땅 옮겨놓은 듯한 농주 마을
갯벌 단풍과
하루에도 일곱 번 변한다는 칠면초와
대화를 나눌 수 있음이니…

한밤 마을

팔공산 부계면 한밤 마을로 들어서서
돌담길 따라가다 보면
한눈에도 오래된 집
남천 고택이 시야에 들어와.
사랑채 쌍백당(雙栢堂)에는
열네 살에 시집 와
칠순 잔치 때 썼다는
궁체 달필의 휘호가 걸려 있어.

가까이 군위 제2 석굴암과 더불어
긴 세월 고택을 지킨
아랫목 윗목이 있는 구들문화는
명절 때가 되면
온고지신(溫故知新)을 재현시킨다나.

건강 지수

영원한 낮도, 영원한 밤도 없듯이
낮이 기울면 밤이 오고
밤이 지새면 아침이 오는 거야
자연의 섭리일 터.

젊음도 머잖아 늙게 되나니
이 순간, 이 시간을
보다 가치 있게,
행복하게 살면서
순간순간 최선을 다하는 것이
글로벌시대에 태어난
건강 지수를
지켜내는 것이 아닐까 싶으이.

골짜기

험한 산길 따라 걷다가
목이 마르면 산딸기
한 줌 따 목 축이는
물 좋고 공기 맑은 골짜기.

이보다 좋은 곳 있으면
누가 나서 우겨보래.

깊은 계곡과 더불어
아흔아홉 골짜기가 인간에게
살 길 내어주면
메롱 하고 혀 내밀어
널름 받아도 미안하지 않으리.

선견지명

삼척 사무곡 마지막 화전민은
단풍이 곱게 물들면
이듬해 농사가 잘 되고
단풍이 곱지 않으면
한 해 농사를 망친다는 것을
오랜 경험으로 터득했음이니.

지난해는 나뭇가지가 얼어 버린 것처럼
단풍이 칙칙하게 물들더니
금년 농사를 망쳤음이니.
그래도 갖은 정성 다했는데
가을 되어 곡식 거두면서
'평년의 절반만 거두었으나
그것만 해도 다행이지.
이렇게 내 선견지명이 딱 들어맞을 수가…'

할머니

태어나 처음 병원 간 할머니
진찰 결과는 뼈와 뼈가 달라붙어
많이 힘들어 하면서도
할아버지 걱정을 해.
있을 때는 아옹다옹 다퉜는데도
서로 떨어져 보니
함께 있을 때가 좋았는지
못해 준 것만 생각이 나.

'누구보다 든든하잖아.
믿고 의지가 되잖아.'
하면서 평생을 함께 한 반려라며
'할아버지가 딱이야, 굿이야.'
흥얼흥얼 노래가 절로 나오나니…

곤드레

험한 산비탈에 화전을 일궈
곤드레 나물 심어놓고
한철에 서너 번 뜯어
삶아 말리거나
옥수수 알을 넣고
밥도 짓고 죽도 끓여서
배고픔을 달래곤 했지.
그런 곤드레 나물을
애들은 개죽 같다고
아예 거들떠보지도 않아.

세상이 야박해진 탓인지
그것도 없어 못 먹던
시절이 왜 그렇게 그리운지…

50년

오지로 들어온 산골 아낙네는
매일 다니는 계곡 길에다
작명을 한다는 것이
철학자의 소로(小路).
'어떻게 하면 보다 적게 소유하고
작게 집을 짓고 살 수 있을까.'
하는 고민 끝에 집의 크기는
새 둥지만한 10평으로 정했음이니.

10평 집에서 인디언 같은
소박한 삶을 살기 50년,
계곡과 더불어 살아가니
지금도 마음은 어릴 적 그대로라고…

무섬 마을

어느 집이든 문이 열려 있으면
들어가서 아무데나
누워도 내 방인 무섬 마을은
강처럼 바람처럼
세월의 두께를
온몸으로 부딪쳤으나
순리로 버텨내
옛 모습 지금도 지니고 있어.
내성천 모래에는
발자국 하나 없으니
누구라도 걷는다면
첫발자국이 생기기 마련인데…

해방 후 좌우 대치시국이나
6. 25 동족상잔에도
희생자 하나 없었어.

네가 생각하고
내가 생각하는 정치야
다를 수 있겠으나
네 편 내 편, 보수 진보
신물 토하도록
싸우지 말고
나라 되살리는 대방을
순리로 살아온 무섬 마을에서 찾았으면…

술 한 잔

팔순 여섯 어르신이 술 한 잔 하는
이유야 있긴 있을 터.
술 한 때리면
아픈 몸도 금방 확 풀리며
춥지도 덥지도 않아.
운동하기도 좋고
짐 지고 나르는데도 힘 드는 줄 몰라.
외지 사람들이야
매일 커피 몇 잔을 때리지만
일과를 시작하거나
때가 되면 난 술 한 잔 때려.
술 한 잔 때리지 않으면
먹고 싶어.
그게 끼니마다 술 한 잔 때리는 이유지.

4.
행복을
캡니다

이런 세월

부모가 동생에게만 돈을 줘도
불평 한 마디 못하고
오직 산 속에서만 산
여든 여섯 화전민 어르신.
세월이 그렇게 긴 것 같지 않다고
겨울은 언제 갔는지
봄은 또 얼마나 빨리 오는지…

이런 세월은 그냥 막 가는 거고
나이 들수록 예전보다
더 빨리 가는 거고.
하루 빨리 간다고 해서
이득 될 것도, 손해 볼 것도 없는데
세월은 왜 그렇게 빨리 가는지 모르겠다고
너스레를 떨어대나니…

농을 걸어

이 산 전체에 자기 혼자밖에
안 산다는 사내 있어.
집은 천막, 대문은 줄 하나.
냉이라는 녀석은
지루했던 겨울을 밀어내고
자기 포식을 위해
예쁘게 겨울 났다고 우쭐대나니.
전용 생수 통은 고로쇠나무.
낙엽 이불 쓰고
햇빛 받다가 봄맞이하는
부지깽이 나물이
봄의 전령사를 자청하면
나물들이 얼굴을 내밀어
'나 여기 있지롱.' 하고 농을 걸어오면
만물은 곧 벗이 된다지.

믹스 커피

도시에서도, 산속에서도, 어촌에서도
하루 한두 잔 믹스 커피 마시는 것이
생활의 일부, 몸의 일부인 양
다반사가 된 세상이니…

사랑에도 황금 비율이 있다면
믹스 커피 같은 것.
마실 때마다 맛과 느낌이 달라.
아침에 한 잔 마시는 커피는
정신을 맑게 하고
일하다 한 잔 때리면 당 보충과 힘이 생겨.
저녁에 마시는 믹스 커피는
지친 하루의 피로를
풀어주는 누님과도 같은 보약이려니.

연륜

세수를 안 해서 늘 꾀재째하고
입은 옷은 몇 날 며칠을 입어 남루해도
바깥세상 나갈 때는
낡은 배낭에다 팔 땅콩 쑤셔 넣고
깨끗한 외출복 차림으로
길도 없는 길을 걸어,
서너 시간이나 족히 걸어
시장으로 들어선 어르신
사람들 속에서는 작게만 보이는데…
정작 돌아오는 길이면
발걸음은 더 더욱 무거워.
크리스마스도, 연말연시도
모르고 산다는 어르신
살아온 연륜이 어깨를 짓누르는 데야.

길순이

정선고을 봉화치 마을에는
경례하는 애완견 있어 이름은 길순이.
커피 마시는 걸로
달달한 아침 식사를 대신하며
하루를 시작한다지.
할아버지가 밭곡식 해칠까
묶어 놓으면 질색을 해
할머니가 나물 뜯으러 산에 갈 때
풀어놓으면 앞서서 산에 올라
고사리 밭으로 안내하고
멧돼지라도 나타나 할머니를 해칠까
주위를 뱅뱅 돌며
안전을 책임지는 길순이.

수행

누가 선문(禪門)을 묻는다면
자연이 따라오는
게 아니고
내가 자연을 따라야지
그게 바로
정답 아닐까 싶어.

말 없는 이 산 저 산이
오라고 해서
오겠냐고.
내가 자연에 맞춰야지.

인생도 저기 저 산과 같아
내가 어디서 와서
어디로 가는지
한 치 앞도
내다볼 줄 모르면서
아등바등 나대기는.

가는 곳 알고나
가기 위해
오늘도 수행한다는 스님이 부러워.

쌀밥

우리 마을 처녀들은 시집 갈 때까지
쌀 한 말을 못 먹어 보고
시집을 갔다는 쌀이 귀한 마을.
논이라곤 자갈밭 다랑이뿐
지게로 흙을 져다 날라
객토를 해서 논을 만들었다면
지금 세상에 누가 곧이듣겠어.
요새 사람이라면
어름 반 푼어치도 없을 터.
어깨 등이 곪아 터진 덕에
지금은 일 년 내내
쌀밥을 먹을 수 있으니
생각하면 할수록
호랑이 담배 피우던 시절 아니겠나.

별나라 사람

불편함보다는 어울림이 더 좋아
산속에 들어오고부터는
집도 주변에 어울리게
굴참나무 껍질로 지붕을 이어.
사람이면 누구나 겨울은 황량하다고,
죽어 있다고 생각하기 마련인데
모르고 하는 소리.
마음을 사로잡는 눈이 소담스럽게
얹혀 있는 나뭇가지는
살아 있는 듯 생동감이 넘쳐.
이를 고스란히 필름에 담으려고
행복한 고민에 빠졌다는
사진작가는 별나라에서 온 사람일 테지.

와운 마을

남원 산내면 와운 마을은
구름도 지치면
잠시 쉬어 간다는 마을.

도시에 살다가 이 마을로
들어와 초가 지어놓고
자연의 일부가 되어
자연 대로 살아가는 부부 있어.

봄이면 일단 산으로 올라가
땅을 파면 뱃살 빠진다며
남편은 마누라에게 칡을 캐라고 해.
함께 살다 보니
남편이라는 분이
늘어난 것은 아내 부려먹는 것뿐이니…

세상

스트레스를 받아서 해소하거나
화가 나 분풀이 할 데는
아낙네로서 빨래터 밖에 더 있겠어.

세탁기에 빨면
마음이 개운하지 않으나
계곡에 빨래를 하러 가
방망이로 애꿎은 빨래를 팡팡 패대기며
엉뚱한 화풀이를 해.
그러면 스트레스가 가시거나
났던 화도 이내 싹 풀려.

어느새 마음은
맑은 계곡 물로 넘치게 채웠으니
세상 참 좋아진 게지.

스님의 하루

암자 근처에 있는 텃밭은 장터
식재료를 거둬들여
마법을 펼치듯 스님의 손을 거치면
공양으로는 천하 일미.

높고 높은 곳에 암자 있으니
아래를 굽어보다 보면
구름이 요를 깔아 줘.
그 위에 누워 있으면
구름 향기가 코를 간질이면
마음마저 가벼워져.

편안하게 자유롭게 느긋하게
마음을 가지는 것이
스님의 하루가 아닐까 싶으이.

도솔암

기세도 좋은 아침 햇살이 나무를 헤치고
들어오면 청량함을 더한다는
지리산 1200m 고지의 도솔암.
암자에 홀로 기거하는 스님은
흙이 좋은 부토여서
괭이로 일궈 씨만 뿌리면
가을 김장 재료로는 최고라며 밭을 일궈.
식재료는 멀리 갈 것도 없이
텃밭이 야채시장.
부처님 생각하며 공양 지어 불전에 올리고
일은 빡빡하게 하는 데도
공양은 하루에 두 번.
그러면서 오지생활에 만족한다니
깨달음은 덤으로 따라올 테지.

방법

주위에는 사람 하나 없는데도
항상 사방에다 대고
감사의 절을 올리고
먼 산 보고 더러 이야기도
나누면서 산다는 산골 사내.

바깥세상을 나가든,
산을 오르든
산에 있는 물상들에게
'잠깐 외출할 테니
나 없는 동안 외로워하지 마라.

나 없다고 울지 말라.'며
위로하고 달랜다나 어쩐다나…

장작을 때고 있으면
나무가 타면서
나무가 튀는
톡톡 탁탁 소리에도
행복을 느꼈다면
나름대로 사는
방법을 터득했음일 테지.

행복을 캡니다

바닷가 사람들의 생활은
울고 웃는 삶이랄까.
어둠이 밀려나기 전부터
하루의 일과가 시작돼.

바다생활은 한 순간도
마음을 놓을 수 없으나
생명을 담보로
유일한 생활 수단인
문어잡이를 그만둘 수도 없음이야.

문어를 잡는 것이 아니라

그것은 행복을 캐는 것이며
캐면 캘수록
행복해진다면서
아쉬운 듯 하루 일과를
내려놓으며
'오늘도 행복을 캤습니다.'
하고 감사하다는 말을
잊은 적이 없다는
바다 사람들의 하루 일과가
행복의 척도 아닐까 싶어.

꿈과 이상

자연과 함께 공존하고 경외하며
살아가는 사람들.
그들 중에서 심마니의 생활을
들여다본다면
생각이 달라지기 마련.
심마니들이 산속으로 들어가
묵을 '모둠' 자리를 마련하고
며칠씩 산속에서 생활하며
천종삼을 찾아 다녀.
천종삼은 하늘이 내준 종지삼으로
800미터 고지 이상에서
100년 이상 자란 산삼을 이름이야.
심마니들의 꿈과 이상은
천종삼이 아닌
100세 건강 지킴이가 분명함이니…

5.
작은 맛
큰 맛

둘째가라면

배꽃보다 휘고 고운 스님이
눈 쌓인 길을 걸어가는 것이
스스로 낸 길인 양 여겨.
길을 가다 설원에 묻히면
마음의 집을 짓듯
눈을 뭉쳐 눈사람을 만들어.
만들다 보면 생각지도 않게
부처님 상이 되었으니…

그건 그 동안 쌓고 쌓은
수행의 결과물일 터.
그 스님의 수행 행적이
옹차고 차지기로는
세상에서 둘째가라면 서러워할 테지.

염화시중

산으로 들어온 이유야 사람마다
인연의 실타래가 다르듯 다르기야 하겠지만
마음이 고립되고 쓸쓸한 곳을
좋아할 정도로 지난 생을
혹독하게 살았다고 눈물을 찍 짜는 스님.

산으로 들어온 뒤로는 이상스럽게도
마음이 안정되고 편해지면서
'산 아래로 내려가는 것이
죽기보다 싫어졌다.'를 입에 달고 있음이니…

스님이 찾아온 불자에게
'산에서 하룻밤만 자 봐.
너무너무 좋아
평생 잊지 못할 게야.'
하는 말은 선(禪)이 담긴 염화시중*.

* 염화미소라고도 하며 말로 통하는 것이 아니라 마음과 마음으로 전하는 것,
  석가모니가 영산회에서 연꽃 한 송이를 대중에게 보이자 가섭만이 그 뜻을 알
  고 미소 지었다는 데서 유래.

수행자의 길

일단 숨을 멈추고 바라보면
고요해지고 평온해지는
수행자의 길이 보여.
우리들 마음에 일반 대상은
너무나 쉽게
갈애(渴愛)와 혐오(嫌惡)를
불러일으키나
마음의 뿌리를 들여다보면
수행으로 좋아질 수 있어.

그런데 그게 쉽지가 않아서
오늘도 묵묵히 화두 찾아
수행자의 길을 걷고
있는 것이 아닐까 싶으니…

수다

비구니 스님에게도 잊지 못할
세속의 음식이 있어.
누구는 출가 마지막 날
만둣국을 먹었다고 하지 않나,
그것도 고기 만둣국을.
어떤 비구니는 호박나물이 맛있다고
우기지를 않나.
또 한 비구니는
감자 피자를 보는 순간
피자 속 두릅 튀김이 먹고 싶어
눈물을 뚝뚝 흘렀다지 않나.
너나없이 지난날에
먹은 음식이 맛으로는 으뜸이라고
먹는 수다를 떨어대는 데야…

겨울왕국

얼음꽃 활짝 핀 겨울 나뭇가지에
여린 바람이라도 스치면
달그락달그락,
크리스털 잔이 부딪치는 소리가
무색할 정도야.

그냥 지나칠 수 없어
설탕 한 줌씩
쭉쭉 뿌려 두면
아이스케이크는 저리 가라지.
차를 대신해서
나뭇가지 케이크를 먹으며
참선한다는 스님.
겨울 왕국의 부처를
자처하고 있음은 아닐 게야.

염소 스님

오지 중의 오지에서
벗이라곤 염소 한 마리.
때 되어 '어서 온나.'하고
부르면 '음메.'하고
대답하면서 따라온다나.

스님은 염소에게 풀을 주며
낳은 어미나 된 듯이
'세상에 나와 보니,
생각보다 만만치 않지.'
하며 어루만지면서 입 맞추며
귀여워 죽겠다는 듯
너스레를 떨어대나니
그게 진솔한 수행 도반일 테지.

멀티 플레이어

키우던 강아지가 새끼를 낳자
'외로운 산중에 식구 늘어
동고동락할 수 있으니
좀 좋아.'하는 경주 오봉산
멀티 플레이어 스님.

암자 오르는 4km 길
오르는데 중생들 심심치 않으라고
108번뇌를 상징해서
108개 돌탑을 쌓아.
'중생들이 오봉산에 오면 쌓은 탑 보고
환희 느껴 좋은 일 많이 생기기를
염원하면서 돌탑을 쌓았지.'하는 스님은
중생에게 베푸는 시혜도 별나.

참선

암자에 들어온 이유야 뻔해
아무 것도 하지 않고
참선만 하려고 들어왔으니까.

무엇을 하는 것이 아니고
조용히 정좌한 채
명상하는 것이 참선.
게다가 '무엇을 하려고 하면
부담이 되니까,
아무 것도 하지 않겠다는
마음부터 다져야
참선에 들 수 있는 게 아니겠어.'하고
넌짓 떠보는 스님이야말로
스님 중의 스님이리.

큰 소리

오지에 초라한 암자 한 칸 지어
띠로 지붕 이어
기거하며 수행하는 스님 있어.
산이 있어 산에 들어왔으나
여러 해에 걸쳐 여름을 나다 보니까
이 골, 저 골짜기가
온통 사랑으로 그득가득,
차 있다는 데야.
'나 외에 그런 시혜 받으며
참선하는 스님 있다면
어디 나서 보라.'고
큰 소리 탕탕 치는 데야
목탁소리마저 달아나지 않겠냐고.

중앙암

암자를 찾아가는 길은 나를 찾는 길.
암자를 찾아가다 보면
마음을 무겁게 누르던 지난 일
스스로 되돌아보게 돼.

팔공산 정상 부근 중앙암을
찾아가는 길은
세상의 것인 입은 옷 벗어놓고
최소한의 옷만
걸쳐야 지날 수 있는 극락굴 있어.

세상 온갖 욕심 다 내려놓고
지나가라는 깨달음의 굴일 테지.

석천암

스님은 아무 것도 하지 않으려고
산으로 들어왔는데
운명처럼 석천암과 마주쳐.
암자로 들어오는 다리는
흔들리게 만들었어도
불평하지 않아
'인생사 흔들리기 마련이며
삶은 흔들리기 때문에
재미있는 게 아니겠느냐.'고.
암자를 오르다 폭포를 보고
'선녀가 목욕하고 갔다.'고
해서 선녀폭포라지만
물줄기가 희다 못해 푸르러

선녀의 옷 같아 선녀폭포라고
대구 우기는 스님이니까.

하물며 세속이 가까이 있으면
숨을 쉴 수 없어
멀리, 깊이 들어와야
숨을 쉴 수 있다는 스님인 데야.
삶은 무겁기야 하겠지만
뿌듯하면 무겁지 않다는
스님이야말로
아란야(aranya)*의 1인 주지로
부족함이 없을 터이니…

* 아란야는 인도어로 '은둔, 숨은'의 뜻을 지닌 암자

그럴 거야

오지에 어쩌다 불자 찾아오면
차를 함께 나누면서
'얼굴이 썩 좋아졌어.
신수가 좋아 보여.
좋은 일 많이 생겼음이 분명해.'
하고 덕담을 나누는 스님.

부부 싸움을 하고 온 불자도
한눈에 딱 알아 봐.
어떤 불자는 자기만이 알고
있는 비밀스런 참살이* 장소로 여긴 데다
많은 사람 찾아오면
소란해질까 노파심에 절어

'방송 타지 않았으면, 딱 좋을 텐데.
많은 사람 찾아오면
수행에 방해가 되기 마련일 테니.' 하자
스님이 이를 되받아
'그렇다면 불자가 여기 와 머물면서
내 대신 중노릇하지.'
하고 맞대응이라도 하면,
불자는 당황해서
'도저히 현실을 벗어날 수 없어서…'
하고 궁색하게 대답하는 것이
사람들 마음 아닐까.
그럴 게야. 그럴 테지. 그러고도 남을 테지.

석간수

암자 앞 화강암 바위 틈새에서는
여름이나 겨울이나
장마나 가물 때나
항상 일정한 양으로 물이 흐르니
자연이란 참으로 위대해.
그 덕에 석간수 받아 마시며
수행할 수 있음이니…

수많은 사람들 산을 오르다
목마르면 석간수 받아 마시고
기운을 차렸음이니.
석간수야말로 얼마나 대단한 물인지
말로는 표현할 길이 없어
먼 산 쳐다보며 답을 찾지.

작은 맛 큰 맛

산에 씨 뿌려 키운 도라지 몇 뿌리 캐
고추장 두어 스푼 넣고
손으로 버물기만 해도
자연의 맛이 우러난다고 할까.
공양할 때는 주변 산과
골짜기가 그려준
풍광 한번 둘러보고 맛 한번 보며
태양이 주는 따사함의 찬에다
저 앞의 큰 산과
작은 산의 맛까지 곁들이면 참맛일 테지.

공양은 작은 맛
앞뒤 산이 내어준 것은 큰 맛.

무게

암자 오르는 데야 쉬엄쉬엄 쉬면서
올라가기만 하면 돼.
암자의 부처님도, 그 누구도
빨리 빨리 오라고 하지 않으니까.

'힘들게 암자 오르면서
무슨 생각?'하고 물으면
'아무 생각 없이 올라.
생각하면 더 힘들어.
생각을 하지 않아야 덜 힘들어.'
하는 스님의 선문답.

그 무게 얼마나 되는지 알 수 없지만
생각하는 데도 무게가 있나 봐.

6.
내 세상이니까

후손의 나무

산이 좋아 산에서 살다 보니
산이 먼저 다가와서
친구 하자고 그러네.

야산의 들꽃이며
이름 모를 나무들
눈 내리는 산은 골이 숨겨둔 보물.

보물 중에서 호두나무는
심은 지 10년 돼야
열매가 열리기 때문에
기다리고 가꾸는 재미를 더하고
즐기면서 키우는 후손의 나무.

기대감

기다리고 기다리는 기대감이
백양사 단풍 물들기보다
더한 기다림이 세상에 또 있을까.

단풍 들려고 하는 시기는
화려함을 보기 위한
기다림이 가장 고조되는 시점.
그 즈음에 운문암에 머물며
무등산도 바라보고
조계산도 바라보며
가까이 있는 백학봉도 바라보는
자체만으로도 수행일 테지.
백양사 단풍의 자랑거리는
단연 애기 단풍.
단풍잎이 작아 별처럼 생겼으니까.

사성암

구례 문척 사성암에는
유리광전(琉璃光殿)
안쪽 절벽에
약사여래 화상이 그려져 있어
절벽에 기둥 세워
절을 지을 수밖에 없었다나.

예쁘게 쌓은 돌담길 오르고
올라 내려다보면
아늑하고 평온해지는 데다
풍광마저 빼어나
부처님 품안에 안긴 것처럼
중생의 마음까지
자비로워질 수 있음이니…

세상의 크기

함박눈이 내리는 세상은
멋과 운치가 있어.
자연이 주는 선물치고
어디 한두 가지랴마는
자연 아니면 누가 선물을…

그런 선물을 받고
맘껏 느끼는
것이 행복일 테지.

늘 행복하다는 스님에게

'어떻게 하는 게 행복한 것입니까?'
하고 물으면,
'춥다고 해서
웅크리고 앉아 있기보다는
추위 속에서
또 다른 세상을 찾아 즐기며
행복은 느끼는 만큼
세상의 크기도 달라지기 마련.'이라는 데야
누가 고승 아니라고 하겠어.

평등

스님은 앙상한 나뭇가지를 보며
'나무님, 조금만 기다려.
곧 따뜻한 봄이 와.'
하고 위로해.
반면에 가까이 하는 나무는
시혜하는 것을 잊지 않아.
참고 견디다 보면
인내하는 법을 가르쳐 주니까.

스님은 나무에게
'감사합니다. 든든합니다.'

하고 자주 대화를 나눠.

스님은 나무로부터
'겨울이 오더라도
추위를 피하지 않고 온몸으로 느끼면서
참는 성실함'
을 본받다 보니
차별 속에
평등이 있다는 것이
호사나 사치 아님을 깨달았다나.

지게 도사

경북 영양의 꼭꼭 숨은 오지
산도 첩첩 골도 첩첩
그곳에 터전을 마련하고
지게로 짐을 져다 날라.
손수 지은 암자에서
단순하게, 소박하게 수도하는 스님.

지게는 생사고락을 함께 하니까
분신이라고 우기는 스님은
사람들이 지어준
지게 도사라는 별명이 어울려.

낡은 것도 버리지 못하는
스님의 헤진 작업복은
번개시장에서 산 3,000원 짜리.

일백이

담양 연동사 애완견인 일백이는
스님을 따르며 지켜줘.
스님은 그게 고맙게 생각되어
일백이에게
'부처님께 감사하며 살아야 된다고.'
하고 보살이라고 해도
일백이는 못 들은 척
그래도 말을 건네나니…

장작을 땐 숯불에 고구마 구워
일백이와 나눠먹으며
'우리 암자에 생명체라곤 일백이,
나 아니면 누가 챙겨줘.'
하고 너스레를 떨어대는 데야…

만풍

오르는 길이 가팔라야
사람이 오지 않아.
그런 곳에 보물을
숨겨뒀다지.
보물은 벽련만풍(劈鍊滿楓)으로
만풍의 백미를 즐기는 것.

있으면 있는 그대로
비가 오면 오는 그대로
비가 오지 않으면
오지 않는 자체 그대로

자연 그대로 두는 것이
백련암 만풍에게는
살기 좋은 환경 아니겠어.

내장사 만풍이 곱게 물든 이유야
이름 모를 시인은
사랑을 토해 낸
부산물이라고 노래했으나
내겐 사랑을 하고 한
결과물이 아닐까 싶으이.

백제금동관음보살상[*]

관음보살상의 높이는 28cm로
머리에는 보관을 썼으며
왼손에는 보병을 들고 있어.

파격적인 것이라고 한다면
어깨와 허리가 약간
비틀어진 데다
인자한 미소를 띠고 있음이니…

머리카락은 위로 틀어 올렸고

부드러운 천의무봉의
법의며 다리는
힘을 뺀 심곡(心曲)의 우아한 자세.

미소를 싱긋이 머금은
자비로운 표정은
아름다움의 정수,
백제 최고의 불상으로 거듭 났음이니…

* 2점 중 1점은 국보로 지정, 다른 1점은 일본으로 밀반출, 지금까지 반환받지
  못했다.

그런 멋

바위로 둘러싸인 암자에서 보면
바다가 이쪽에도 있고
능선을 오르면
저쪽에도 있어
풍광 묘사로는 부족해.
암자가 외로움을 안겨주지만
또 다른 진리도 있어
여기에 오지 않았다면
후회했을 것이라는.

물이 귀한 암자여서 물지게
지고 오르고 내려가기가 고되지만,

물을 길러 나르다 보니
나도 모르는 사이
풍광을 즐길 수 있어
만족감이 들고
기분마저 좋아지나니.

산이 받아주고 수용해 준다면
계속 머물고 싶은 암자인데
그런 멋을
즐길 줄 아는 사람 얼마나 될까.

타고 나면

스님은 등산화 신고
산행삼아 소풍삼아
석이버섯을 따러 가.

석이버섯이 있는
바위에 오르면
'살아 있는 소나무도 멋있고
죽어 있는 소나무도 멋있지.'
하며 감탄을 자아내나니…

산에 들어오기
전에는 보다 많은 것을 가져야
행복한 줄 알았는데,

'무엇을 성취했다고 해서
행복한 게 아니고
가진 것을
내려놓는 것이
진정한 행복이구나.'
하고 뒤늦게 깨달았다는 스님.

어차피 타고 나면
재가 되기 마련인데
집착할 이유가 무에 있겠어.

환영

그네는 정원을 가꾸다가
커피를 볶는데
볶는 것이 특이해.
프랑스제 팝콘 냄비에
경험과 느낌으로
커피를 볶나니…

팝콘 냄비에서 스멀스멀
거피 향이 나기 시작하면
느낌 그대로
볶이는 정도를 아니까.

그네 부부의 봄날은
커피 향으로 정원을 가득 채워
꽃들의 환영을 받는다지.

내 세상이니까

암자 지어 세상과 소통하려고
작명한 통방사에
기거하는 스님.
정곡 스님은 '장작을 패다 보면
모든 생각이 산산조각 나고
장작 갈라지는 소리에
번뇌마저 없어진다.'며 우쭐해.

'산을 쩡쩡 울리며 살고 있다는 게
혼자라도 얼마나 즐거운지,
내가 좋아하고 즐기는 만큼
세상은 내 세상이니까.'
하고 하늘 향해 박장대소하는 데야
입을 꿰맨 벙어리가 될 수밖에.

40년 동안

자기 옷은 덕지덕지 기워
40여 년 전 승복을
여전히 입고 있으면서
강아지에게는
새 옷 사서 입혀.

헤진 것 그대로 입히면
산으로 도망가서
산 짐승 물어오기
때문이라면서.

마음이 평정할 때는
그렇지 않을 수도 있겠으나

불안정하면 분심, 탐심,
육욕에 허욕도 생겨.

아궁이에 불 지피는 것은
미운 마음, 성난 마음,
어리석은 마음을
불길 속에 넣기 위함인데
집어넣지 못한 것이
딱 하나가 있다나.

'앞산 무게를 저울로
달 수 있을까.'하고
40년 동안 궁리한 것이라나.

손맛의 비결

함양 안의면의 작은 암자 향운암은
구름 향이 그득한 곳,
자연이 모든 것을 내 줘야
스님의 비법이 펼쳐지는 곳.
마음이 느긋하고 편안하며
자유로워지면 그 자체가 쉼이라는
스님은 공양의 대가.

시장은 바로 손수 가꾼 텃밭
텃밭에다 서너 종류 야채를 심고 거둬
부엌인 개울에서 정성스레 씻어.
씻은 야채는
스님의 손길에서
30여 년 익힌 손맛의 비결이 더해지면
단순히 먹을거리 찬이 아닌
마음까지 채워주는 공양이 된다지.

7.

외로이

3년

금동대향로[*]

향로의 형태는 앞발을 치켜든 용이
막 피어나는 연꽃 봉오리를 물고
하늘을 나는 듯한 모습.
뚜껑은 중첩된 산악으로 조성하고
그 위에 날개를 펼친 채
정면을 응시하는 봉황을 세워.
연꽃무늬 봉오리 중앙은
아래와 위로 나눴는데
몸체와 뚜껑이 조화를 이뤄.
이런 무늬를 뜯어보면
백제 사상의 일면을 엿볼 수 있어.
향로는 완성도와 조형미가
높은 공예품 중의 공예품이려니…

* 국보

오선암

외진 산길 걷고 걸어
혼자만 알고 싶은 강원도 정선 오지
오선암에 닿을 수 있어.

그 암자 스님은 도반이 왔다고
감자옹심이와 전을 대접하겠다며
감자를 씻고 갈아서는
있는 공, 없는 정성에
어떤 조미료도
맛을 낼 수 없는 자연을 가득 담아
맛을 낸 옹심이를 대접해.
그 정성, 그 맛에
돌부처도 감동 먹고 돌아앉았다지.

메이크업

초겨울 건조한 환절기에
화사하고 건강한 혈색을 살려
낮과 밤의 이미지마저
바꾼 메이크업 여인.

명품으로 성장한 데다
서구풍의 모자 패션은
아미며 눈 밑 콧등
얼굴을 화사하게, 환하게
돋보이게 하며
세련된 눈썹이며 촉촉한 눈웃음을 살려
자연미인으로 연출했음은
메이크업의 달인일 테지.

공부비법

하버드 생들의 공부 비법은
열흘 앞서서
과제를 준비하는데 있어.

열흘 앞서 준비를 하다 보면
사이클에 변화가 일고
새 삶이 전개되며
마음의 여유가 생겨
마음의 밭에 생각을 심을 수 있으니까.

기일이나 마감일에 쫓기다 보면
기다리는, 익어가는,
다듬는 과정이 생략되기 일쑤이니.

열홀 전이라면 보다 싹이
일찍 트니까
계속 깎고 다듬어
완성에 가까운
결과물을 끌어낼 수 있어.

열홀 전쯤 사전에 준비하고
대비하는 것은
보다 잘할 수 있는 비결,
일에 쫓기거나
스트레스 받지 않고
잘 할 수 있는 지혜의 단초일 테지.

보름달

첫째 아이 태어났을 때는
귀엽다, 귀엽다 했더니
귀여움 먹고 자라고
둘째 아이 태어났을 때는
예쁘다, 예쁘다 했더니
그 예쁨 먹고 자라고

부모 뜻대로 자라준 것만 해도
엄마는 감지득지인데
성장한 자식들이
"엄마, 저희 키우느라고 고생 많이 하셨습니다."
"고맙습니다." 하는 말에
그만 깜빡해 환해진 얼굴에 보름달이 두둥실.

외로이 3년

사람은 볼 수 없어도
독사는 매일 본다는
하늘이 숨겨 놓은 절벽 위 암자에서
외로이 3년을 지내고 보니
고독을 즐기는 것이
얼마나 기쁜 것이며
단순한 것이 보다 행복하다는
것을 깨달았다는 스님.

소박하게 살다 보면
세상 모든 것이
소중한 생령으로 여겨진다나.

조물주

아낙네는 물동이 이고 공동우물로
물 길러가서 수다 떨고
남정네는 사랑에 둘러앉아
세상 돌아가는 정담으로
꽃 피운 시절이 있긴 있었지.

지금 세상은 정이라곤
메마른 데다
이웃과는 담을 쌓고 살아.

보다 못한 조물주가
끼리끼리 모여
향기 폴폴 나는 따끈따끈한 커피 음미하면서
도란도란 정 나누라고
겨울이란 선물을 주었다지.

절밥

아홉 고개를 넘고 넘어
만날 수 있는
금정산성 동자암을
혼자서 지키는
아이처럼 순진한 스님 있어.

텃밭에서 토란 캐어
개울로 가 씻으면서
'애들아 목욕하자.'며
씻고 또 씻어.

스님의 토란전과 국은
가을 이야기,
단풍이 가득 담긴 절밥 한 그릇.

윤필암

경북 문경 산북의 사불산 윤필암은
비구니 스님들이 정진하는 이름 있는 암자.
윤필암 주지 공곡 스님은
자연적인 먹거리를 차로 만드니까
차의 종류도 다양해.
오가피 씨, 칡순, 산수유 등을 발효시켜서
새까만 자료로 차를 달이니
차향이야 신의 경지.

윤필암 원주 정효 스님은
시대가 변하면 사찰음식이라고 해도
변형이 불가피해
기본을 지키면서 변형시킨 식재료며
전통이 사라지는 것이 싫어
사찰음식의 식재료를
하나하나 적어 놓은 것이 보물창고라나.

특성

마음이라 하는 것은
형상도 없으며 실체도 없으나
생각 따라 일어나고
생각 따라 사라지는
것이 곧 마음일지니

욕심이 생기면
편안함이 있을 수 없음이고
하나가 있으면
둘은 공존할 수 없음이니.

그런 마음이 어디에서 생겨나는지
자신에게 물어보면
고요해지고 청정해지고 생생해지나니…

망명당

전해 오는, '아니 땐 굴뚝에서
연기 날까.' 라는
속담이 있듯이
굴뚝에서 연기가 난다는 것은
원인과 결과를
분명하게 전하는 메시지가 아닐까.

망명당(亡名堂)이란
이름이 죽었다,
이름을 붙일 수 없다는 집,
앞으로 나아갈 곳도

위로 올라갈 곳도 없는
문자 그대로 망명당이니…

스님이 장작을 패면서
장작 패는 소리로
온 골짜기가 쩌렁쩌렁
장작이 갈라지는
소리로 생각이 산산조각 나며
번뇌가 바람 불다
멎듯이 사라진다는 데야…

부각

마누라는 고추 따다
반찬을 마련하면서도
자식 생각.
다른 집들도
전부 자식 생각뿐이니
그냥 그러려니
하고 놔둬야지
탓할 수도 없는 모정.

풋고추 설렁설렁 썰어
찹쌀가루를 섞어 쪄
볕에 말리기만 하면
보기 좋고 먹기 좋은
부각*이 돼.

겨우내 말려둔 부각을

들깨 기름으로

달달 튀기면

모정이 밴 반찬으로는

으뜸으로 그보다

좋은 찬은 없을 터.

* 부각─풋고추를 밀가루에 묻혀 쪄서 말린 것으로 주로 겨울에 기름에 튀겨 반
  찬으로 먹는 부식 재료

통방산

통방산에 기거하는 스님
암자를 지으며
공간을 마련하는데
천정에는 하늘과 통하려고
둥근 창을 내고
벽에도 세상과 통하려고
둥근 창을 내나니…

암자를 짓다가
판자에 올라 털신 신은 채
탭댄스를 치는데
제법 춰.
아무도 없는 산에서
탭댄스를 추면서
산을 울리며
사는 것이 즐겁기만 하다는 데야…

나물밥

쌀 씻어 솥에 붓고
고로쇠 물로 물을 맞추고
봄기운 머금은
살아 있는 나물을 넣어
나물밥을 지어.
잎이 가늘고 부드러운 것은
삶아서 무치고
향이 은은히 밴 것은
국을 끓이면
봄소식을 먹는 셈이지.

봄 향기 묻어나는
나물밥 한 그릇은
온 산의 정기가 가득 담겼으니…

이보다

사람이 살기 좋은 곳은
고도 5~600m가
제일로 좋다나.

그런 곳에 순수 자연 재로로
집을 지으면서
하늘과 자연을
내다보고 있으면
속이 뻥 뚫리고
속이 시원해지며
운치마저 있어
싫증이 나지 않는 창까지 낸다면
이보다 좋은 집은
세상 어디에도 없으리.

8.

언어의 보고

갓 바위

팔공산 갓 바위에 기도하면
모든 것을 이루어주니까
힘은 들어도 즐겁게 오른다나…

관봉에서 굽어보는
석조여래좌상은 부처님 두상부터
발밑까지가 하나의 돌.
갓 바위는 돌마저
바위와 연결되어
있어 그냥 돌이 아닌,
바위도 아닌 부처님 육신의 끈,
그 끈의 현신이 아닐까 싶으이.

소리 스님

구름바다가 데려온 가을이
산자락에 이르면
그 길 더듬어 찾아가는 곳
그리워라 가을 소리,
마음의 소리까지 담으면
그게 곧 선일 테지.
선방 방문에 풍경 하나 달아놓고
'소리가 얼마나 좋은지,
정말 소리가 맑아요.' 하고
스님답지 않게 너스레를 떨면서
극락 길 가다가 소리가 너무 맑아
돈까지 듬뿍 주고
사다 놓은 소리라는 데야.

새소리, 바람소리, 벌레 소리,

밤의 소리, 이름 모를 소리.

그런 소리 중에서도

돌돌 소리 내며

흐르는 계곡 물소리가

자연의 진수라고

허허 웃어대는 소리 스님.

산새가 지켜보다 못해

날개 짓 잊고 날아가 버리니

하늘도 무심하기 바위 같을 수밖에.

도반

내 안에 숨어 있는 참 나를 찾아,
내 안의 부처님을 찾아
수행하는 도반은 평생 반려.

함께 공부했던 도반이 왔다고
대접할 것은 만두.
있는 솜씨 없는 솜씨
다해 만두를 빚어.

아무리 훌륭한 식재료라도
제 아무리 좋은 조건이라도

만드는 이의 마음을 담고,
먹는 이의 마음을
헤아리는 배려까지
듬뿍 담아야
제 맛 나는 것 아니겠어.

먹는 사람이 빈말이라도
맛있다고 하는
한 마디가 만든 이의
수고로움이 씻은 듯 가시는 데야…

능인 스님

경남 양산의 천성산 오지
노전암에 오르면
금지옥엽 시집 간
딸한테보다도
귀한 점심 공양 받을 수 있음이니.

누군가를 위해
그 누군가는 모르지만
기다리는 밥상은
그리운 엄마의 손맛이
아닌 능인 스님의 손맛이고
부처님의 손맛이지.

대중공양으로 부족하지 않게
반찬은 20~25 종류
상다리는 휘도록
찬은 놓을 곳 없을 정도로
반상이 꽉 차고 넘쳐.

그래도 스님은 부족하다면서
'더 해, 더 해라.'해.

잔치집도 울고 간다는
푸짐한 점심은
공양 아니면 어디 가 받으리.

비구니

외진 암자의 비구니 스님은
함께 수행한 도반이
왔다고 해서
눈 속 헤집고 봄똥 찾으니
말라 죽고 없어서
얼어붙은 땅속에서
손 내민 시금치로 대신해.

스님은 약이 되고 찬이 되기 위해
살아남은 것 같다며
찬을 만들어 도반을 대접해.
그런 지극 정성이야
수행의 결과가 낳은 것 아닐까 싶어.

목록

깊고 깊은 산골 오지에서
재산 목록 1호는
군불 땔 장작.
겨울에 땔 장작 없으면
얼어 죽을 수도 있음이니…

땔 나무를 많이 해서
쌓아 놓고
방구들이 지글지글 끓도록
군불 때면
부러울 것마저 하나
없는 데다
마음마저 푸근해지나니…

글씨

아낄 것은 아껴야 하겠지만
아껴서 안 될 것도 있어
그게 손 글씨 아니겠어.
또박또박 한 자 한 자
손 글씨로 쓴 수필은 물이 흐르듯
자연스러움의 극치.
읽는데 눈의 피로감이나
마음의 부담을 느낄 수 없음이니.

수필은 마음의 거울,
진솔함을 드러낸 글 향기
한껏 뽐낸 손 글씨는
가을 하늘의 청정 정원일 테지.

먹거리

유행가처럼 비 오는 날에는
'빈대떡 부쳐 먹지.'는
옛말이 돼 버렸나니.

찬 바닷바람 맞고 짠물 머금어서
비타민 A가 풍부한
쑥을 뜯어 전을 부치면
돌아가신 어머니 생각이 간절해.

가난했던 지난 시절
가난을 이겨내고 생명을 이어준
자랑스러운 먹거리 아니겠어.

궁합

냉이 캐러 텃밭 둑에 가면
이맘쯤 딱 먹기 좋게
자란 냉이가 있어.
지난겨울 모진 추위
이겨내고 자란 것이
얼마나 대견한 지,
게다가 향은 얼마나 진한 지.

토종 된장과 냉이가 만나면
봄이 언제
왔는지도 모른다니
찰떡궁합이 따로 없겠지.

서체

글을 아는 것 하고 글씨 하고
다른 듯 같을 수도…

한때는 모날 때는 모나야 하고
둥글 때는 둥글어야
좋은 글씨였는데
요즘 들어
옛 서체 그대로 쓰면
국전에 입선도 못해.
추사체가 그렇듯
개성 있는 서체를
보다 높이 평가한 때문일 테지.

법문

강원도 삼척 천은사 스님은
행복은 과거도 미래도
아닌 현재 누리는 것이
최고라며 우쭐되나니.
봄이면 새잎 나고
여름이면 녹음으로 성장하며
가을이면 오색 단풍으로
물드는 것이 무상 법문임을 깨달아.

비빔밥을 마련해서
암자 앞 노지에 앉아 하나 둘
단풍을 눈에 담으며
공양하는 것이
단풍에 대한 최소한의 예의라나.

강태공

낚시는 마약의 일종인지
한번 중독되면
손맛 때문에 놓을 수 없어.

강태공은 세월을 낚았다지만
진정한 낚시꾼이라면
오매불망 끝에
손맛만으로도
크기를 가늠할 수 있어야…

손맛 한껏 드리운 바다에서
인생의 진미를 낚는 것이
강태공의 진정한 멋과 맛일 테지.

반야바라밀다심경

한때 법보 종찰 해인사에서는
반야바라밀다심경(般若波羅蜜多心經)
판경을 전통적인 방법인
먹물을 발라 눌러 찍어
탐방객에게 판매한 적이 있음이니.

반야바라밀다심경의 핵심은
불경의 팔만사천의 법문을
260자로 함축한 오온(五蘊)과 삼과(三科),
사제(四諦), 십팔계(十八界),
십이연기(十二緣起) 등이니.

이는 세상 어떤 물상이든
고정적인 형체 없음을 밝혀 놓은 진리
곧 색즉시공, 공즉시색이니.

불보살뿐 아니라 일반 대중이라도
반야바라밀(般若波羅蜜)을 외며 생활화한다면
반야의 지혜를 얻을 수 있고
반야바라밀을 공부하고 실천한다면
성불(成佛)할 수도 있음이니.

그 이치 너무나 신묘해 주문을 외나니…

하나 둘씩

시간이 흐르고 흐르면
어느 새 늘어나는 살림에
행복을 느끼듯이
자신이 살고 싶은 대로
사는 것도 멋진 인생.

소박한 행복을 알지 못하고
더 큰 행복을 찾는다면
그보다 불행은 없으리.

행복은 아주 작고 사소한 것부터
하나 둘씩 모으고 모아 둬서
그게 쌓이고 쌓이면
크나 큰 행복이 영그는 것임에야.

청정심

산 생활이란
재미가 있을 것 같지 않다거나
외롭다니 하는 것은
말짱 거짓말.

산하고 더불어 놀고
나무며 바위하고 대화를
나누다 보면
나름대로 재미가 쏠쏠해.

말 없는 산이지만
산의 진심을 느낄 수 있다면
그것이야말로 청정심(清淨心)일 테지

망상과 실상

누군가 웃기만 해도
비웃는 것 같고
말만 해도 흉을 보거나
트집을 잡는 것 같으며
배려를 해 줬는데도
무시당한 것 같다는
생각이 들면
그건 망상과 실상의 차이이리.

남을 탓하기 전에
내 책임이라는 인식부터
스스로 깨쳐야
마음이 안정되고 평안해지며
고요해질 수 있음이니…

예술작품

치악산 700m 고지 그 높은 곳에
홀로 터를 잡아
산에다 지은 집이라는 이미지로
삼 평 크기 수향산방은
나만의 예술작품.

눈만 뜨면 쓸고 닦고
애지중지하기를
보물단지가 따로 없나나…

수향산방에서 사는 나보다
고급스런 남자 있으면
앞으로 나서서 큰소리 쳐보래.

언어의 보고

머물면서 이렇다 저렇다
말하지만 않는다면
말 없는 저 산은
날 보고 오라 하고
더 넓은 들은
날 보고 머물라 하네.

억만 겁을 두고
말 없는 산이고
들이지만
시인의 하찮은 언어로는
묘사할 수 없는 언어의 보고니까.

시작 과정
－한 편의 시를 짓기까지 II

시작 과정 – 한 편의 시를 짓기까지 II

    시 한 편을 짓기 위한 사전 작업의 일환으로, 팔만대장경 한 장을 번역하는데 얼마나 어려운 일인지 확인하기 위해 먼저 판경 「반야바라밀다심경」의 인쇄본부터 한자로 옮겼다.

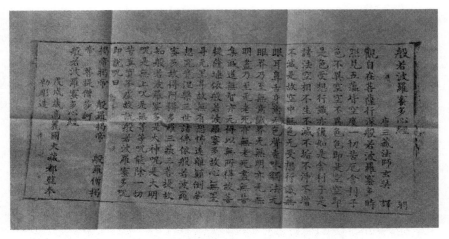

반야바라밀다심경 경판에 먹물을 발라 눌러서 인쇄한 판본
(해인사 성보박물관)

「般若波羅蜜多心經」

般若波羅蜜多心經 羽
唐三藏法師 玄奘 譯

觀自在菩薩行深般若波羅蜜多時
照見五蘊皆空度一切苦厄舍利子
色不異空空不異色色卽是空空卽
是色受想行識亦復如是舍利子是
諸法空相不生不滅不垢不淨不增
不減是故空中無色無受想行識無
眼耳鼻舌身意無色聲香味觸法無
眼界乃至無意識界無無明亦無無
明盡乃至無老死亦無老死盡無苦
集滅道無智亦無得以無所得故菩
提薩埵依般若波羅蜜多故心無罣
礙無罣礙故畝有恐怖遠離顚倒夢
想究竟涅槃三世諸佛依般若波羅
蜜多故得阿耨多羅三藐三菩提故
知般若波羅蜜多是大神呪是大明
呪是無上呪是無等等呪能除一切
苦眞實不虛故說般若波羅蜜多呪
卽說呪曰
揭諦揭諦 波羅揭諦 波羅僧揭
諦 菩提薩婆訶
般若波羅蜜多心經
戊戌歲高麗國大藏都監奉
勅彫造

이어 옮긴 한문을 윤문을 겸해 한글로 번역해서 아래에 놓았다.

반야바라밀다심경 우
당나라 삼장법사 현장이 번역하다.

관자재보살(觀自在菩薩)이 깊이 반야바라밀다를 수행할 즈음, 오온을 조견
하니, 모두 공이며 일체가 고액임을 헤아림이라. 사리자여, 색은 공과 다르지
않으며, 공 또한 색과 다르지 않으니, 공은 곧 색이오, 색 또한 공으로, 수·상·행·
식도 이와 같으니. 사리자여, 이처럼 갖가지 법은 공상마저 생기지도 더럽지도
깨끗하지도 늘지도 줄지도 않느니. 이런 까닭으로 공 가운데는 색·수·상·행·식
도 없고, 안·이·비·설·신(身)·의(意)도 없으며, 색(色)·성(聲)·향·미(味)·촉(觸)·법 또
한 없고 안계(眼界)나 의식계도 없느니. 또한 무명(無明)도 없고 무명이 다함도
없으며, 노사(老死)도 없고 노사가 다함도 없으며, 고·집·멸·도 또한 없고 지(智)
또한 없으며 얻음도 없느니. 이로써 보리살타가 반야바라밀다에 의지하는 까
닭은 마음에 거리낌이 없고 거리낌이 없는 까닭에 공포도 없으며 전도(顚倒)된
다는 생각마저 멀리 해서 마침내 열반에 들었느니. 삼세의 여러 부처마저도 반
야바라밀다에 의지한 탓으로 아뇩다라삼먁 삼보리를 얻었음이니. 이런 연유
로 반야바라밀다를 깨쳐 신이함을 주문하며 밝음을 주문하고 위(上)도 없음을
주문하며 이 밖에도 없음을 주문함을 알리니. 더욱이 일체의 고를 없애서 진실
되고 신실해져 허황됨이 없으므로 반야바라밀다를 주문으로 설법하니라.
설법을 주문하되,
*아제 아제 바라아제 바라승아
제 보리사바하.
무술년 고려국 대장도감을 칙명을 받들어 조조하다.

주석

觀自在菩薩—자비로 중생을 구제해서 왕생의 길로 인도하는 보살.

般若婆羅密多-고해를 헤쳐 열반의 세계에 도달하는 큰 지혜.
五蘊-물질과 정신을 다섯으로 나눈 것. 오음(五陰), 오중(五衆) 곧 색(色) 수(受) 상
　　(想) 행(行) 식(識)은 일체로 공(空)의 재앙.
　　舍利子-부처의 10대 제자 중 지혜가 제일인 사리불.
　　空相-만물은 실체가 없음.
　　菩提薩埵-큰 깨달음을 얻은 사람.
　　阿耨多羅三藐-부처의 지혜, 부처가 얻은 법.
　　三菩提-진성, 실지, 방편 등 세 가지 불과로 바르고 원만한 깨달음.
　　* 가니, 가니 건너가니, 건너편으로 건너가니 깨달음 있네. 기쁘도다!

이런 과정을 거쳐 한편의 시를 완성했다.

반야바라밀다심경

한때 법보 종찰 해인사에서는
반야바라밀다심경(般若波羅蜜多心經)
판경을 전통적인 방법인
먹물을 발라 눌러 찍어
탐방객에게 판매한 적이 있음이니.

반야바라밀다심경의 핵심은
불경의 팔만사천의 법문을
260자로 함축한 오온(五蘊)과 삼과(三科),
사제(四諦), 십팔계(十八界),
십이연기(十二緣起) 등이니.

이는 세상 어떤 물상이든
고정적인 형체 없음을 밝혀 놓은 진리
곧 색즉시공, 공즉시색이니.

불보살뿐 아니라 일반 대중이라도
반야바라밀(般若波羅蜜)을 외며 생활화한다면
반야의 지혜를 얻을 수 있고
반야바라밀을 공부하고 실천한다면
성불(成佛)할 수도 있음이니.

그 이치 너무나 신묘해 주문을 외나니…

＊반야바라밀다의 의미는 세 유형으로 집약할 수 있다.
　　첫째 교리면에서 보면, 불교의 근본 교리를 중심으로 여러 사상이 집약되어 있다. 곧 불교사상은 공(空)의 진리를 바탕으로 해서 오온(五蘊), 십이 인연(因緣), 사제(四諦) 등이 함축되어 있다.
　　둘째 수행면에서 보면, 누구나 이 반야바라밀다심경을 숙지하고 독송해서 공의 진리를 실천한다면 공의 진경(眞境)을 체득할 수 있고 일상생활에서도 널리 활용할 수 있게 된다.
　　셋째 밀주(蜜呪)면에서 보면, 반야바라밀다심경은 단순히 문자의 나열이 아니라 불가사의한 주문(呪文)이 압축되어 있다. 따라서 이 반야바라밀다심경을 주문으로 독송하면 큰 힘이 생겨나서 경계와 나가 하나가 되는 지극한 경지에 이르러되며 부처의 지혜와 능력을 얻을 수 있는 깊고 깊은 의미가 함축되어 있다.
　　＊삼과 : 삼라만상을 세 종류로 나눈 오온(五蘊), 십이터(十二處), 십팔계(十八界).
　　오온(五蘊) : 불교에서 인간을 구성하는 요소인 색온과 정신 요소인 4온을 합쳐 일컫는 용어. 온(蘊)은 집합구성 요소로 색(色), 수(受), 상(想), 행(行), 식(識)의 다섯 가지 요소.
　　십이처(十二處) : 무아, 고정불변의 인식. 주체가 없음을 설명하기 위하여 인간 인식을 6근(六根)과 6경(六境)으로 구분한 불교 교리.
　　6근(六根) : 내부 대상으로 안식계(眼識界), 이식계(耳識界), 비식계(鼻識界), 설식계(舌識界), 신식계(身識界), 의식계(意識界).
　　6경(六境) : 외부 대상으로 색계(色界), 성계(聲界), 향계(香界), 미계(味界), 촉계(觸界), 법계(法界).
　　십팔계(十八界) : 인식을 성립시키는 18가지 요소. 6근과 6경을 뜻하는 불교 교리.

십이 연기 : 진리에 대해 무지(無知), 무명(無明)의 근본 원인

사제 : 고(苦) 집(集) 멸(滅) 도(道).

색 : 만상의 물상. 보이는 것, 보이지 않는 것, 마음에서 우러나는 가지가지의 상념 일체를 일컫는 불교 용어.

공 : 무념무상(無念無想)의 상태, 곧 보아도 보이지 않고 들어도 들리지 않으며 생각하려고 해도 아무런 생각이 나지 않는 진공상태.

주문 : 아제 아제 바라아제 바라승아제 보제사바하.

* 이 주문을 번역하지 않은 이유는 깊고도 오묘한 진리를 언어로서는 나타낼 수 없으며 혹 언어로 나타낸다고 하더라도 크게 깨친 경지가 아니면 진경을 알 수 없기 때문이다. 또한 아울러 공의 진리를 해석하고 사량하면 분별심이 떨어져 진경에 들 수 없기 때문이다.

따라서 일체의 사량, 계교심(計較心- 사람을 보되 목적으로 보지 않고 자신의 이로움을 얻기 수단)을 버리고 독송을 해서 지극한 부처의 힘을 얻으려고 정진하기 때문에 번역을 하지 않는다고 한다.

　김장동은 동국대학교 국문학과 졸업 및 동 대학원을 수료, 한양대학교 대학원에서 문학박사를 취득. 경력으로는 국립대 교수, 대학원장, 전국 국공립대학교 대학원장 협의회 회장 등을 역임했음.

　저서로 『조선조역사소설연구』, 『조선조소설작품논고』, 『고전소설의 이론』, 『국문학개론』, 『문학 강좌 27강』 등.

　월간문학 소설부분으로 문단에 등단해 소설집으로 『조용한 눈물』, 『우리 시대의 神話』, 『기파랑』, 『천년 신비의 노래』, 『향가를 소설로 오페라로 뮤지컬로』 등. 장편소설로는 『첫사랑 동화』, 『후포의 등대』, 『450년만의 외출』, 『이 세상에서 가장 오랜 시간에 걸쳐 쓴 편지』, 『대학괴담』. 문집으로는 『시적 교감과 사랑의 미학』, 『생의 이삭, 생의 앙금』이 있으며 『김장동문학선집』 9권을 출간하다.

　시집으로 『내 마음에 내리는 하얀 실비』, 『오늘 같은 먼 그날』, 『간이역에서』, 『하늘 밥상』, 『하늘 꽃밭』. 미발간 시집으로 『부끄러움의 떨림』, 『사랑을 심다』, 『작은 맛 큰 맛』. 시선집 『한 잔 달빛을』, 『산행시 메들리』, 『살며 사랑하며』. 인문학 에세이집으로 『마음을 움직이는 배려』, 『이야기가 있는 국보 속으로』 등이 있다.

바람에 씻겨도 머무는 것은

| 초판 1쇄 인쇄일 | │ 2023년 4월 10일 |
| 초판 1쇄 발행일 | │ 2023년 4월 24일 |

지은이	│ 김장동
펴낸이	│ 한선회
편집/디자인	│ 정구형 우정민 김보선
마케팅	│ 정찬용 이보은
영업관리	│ 한선회
책임편집	│ 정구형
인쇄처	│ 으뜸사
펴낸곳	│ 국학자료원 새미(주)

등록일 2005 03 15 제25100−2005−000008호
경기도 고양시 일산동구 중앙로 1261번길 79 하이베라스 405호
Tel 02-442-4623 Fax 02-6499-3082
www.kookhak.co.kr
kookhak2010@hanmail.net

ISBN	│ 979-11-6797-119-7 (94800)
	│ 979-11-6797-109-8 (세트)
가격	│ 20,000원

* 저자와의 협의하에 인지는 생략합니다.
  잘못된 책은 구입하신 곳에서 교환하여 드립니다.
  국학자료원·새미·북치는마을·LIE는 국학자료원 새미(주)의 브랜드입니다.